白馬走過天亮

言叔夏

目錄

輯二——無風帶

輯三——光年

代跋

幻燈之光

郝譽翔

在我教書十多年所遇見的學生之中，言叔夏實在是最優秀的一位。當然，我也不乏看過才華洋溢的青年，但卻沒有人如她一般，即使蜷縮在角落，仍難以掩抑上天賦予她的光輝。她不論寫起散文小說，讀書報告甚至考卷，無不洋溢出早熟的過人文采，令人訝異、讚嘆，更不免起了呵護憐惜之心，就怕天才和早熟，有時反倒變成心靈不可承受的重負，壓折了還來不及茁壯的莖與枝。

言叔夏便因此一路戰戰兢兢地走來，以我對她的認識，這本書算是相當遲來的了，但也或許並不算遲，生命如此漫長，時代又如此焦躁紛亂，更需沉澱安靜，耐心以文字織就抵擋俗世洪流的牆垣。於是在這本書中，我讀到了在她看似柔弱的外表之下，一顆堅韌飽滿的心，一種純粹，倔強，或是自持，甚至被時間淘洗卻益發光亮的天真，從方塊鉛字之中汨汨穿透出來。

這也讓我想起了，年輕時代其實是不愛讀散文的，但若是為我所嗜讀著迷的某些散文

（我在此不提人名，以免將言叔夏輕易劃歸入哪一流派），則便是與這本《白馬走過天亮》相近似，不刻意雕琢華麗的詞藻，而是運用最儉省之字，只消幾筆，卻能勾勒出奇異的畫面，如：「你的家，長出了河流。」（〈用眼睛開花〉）「我的地下室沙漠。長長的雨季在地面走過，五月的道路，幾乎是一條傾斜的海了。」（〈馬緯度無風帶〉）又如：「時光隊伍在白天鳥獸般地散開，在夢裡成群結隊地回來，在睡眠裡圍著營火齊聲歌唱，然後在甦醒裡被全部遣返。」（〈尺八癡人〉）如此的例子不勝枚舉，彷彿這不再是一本散文集了，而是一本詩集，一部超現實的畫冊，或是楊思凡克梅耶（Jan Svankmajer）的動畫，甚至一頁頁的紙上電影，塔可夫斯基，安哲羅普洛斯，費里尼。

故讀《白馬走過天亮》，宜把它當成詩般咀嚼，甚而享受視覺的饗宴，任由想像力的時空之軸，被文字不斷拉長，延展，並且容許曖昧恍惚的，夢一般的存在。在言叔夏的筆下，不論是愛與殘酷，夢想與死亡，溫暖與冰冷，皆是泯滅了二分的界限，彼此滲透暈染，讓人腦海裡不由得浮起了許多畫面：哭笑不得的小丑，歡樂又憂傷的馬戲團，大象侏儒駱駝馬，穿著白鞋紅裙的小女孩，排成隊伍安靜地穿過空蕩無人的長街，還有傑克豌豆，沃爾夫精靈，美杜莎，拇指姑娘，鼴鼠太太……。言叔夏一再地召喚純真，以抵抗這個正在傾斜下沉的世界，而在不可逆轉的死亡與腐敗中，卻仍要竭力地張開她那一雙未被污染的，清亮的眼。

這份堅持的姿勢，竟也使我們隨著年紀逐漸堅硬且冰凍的心，一下子，忽然變得柔軟了起來，彷彿被刺痛了似的，泫然落淚。然而淚是溫熱的，哀而不傷，也因此，全書雖然瀰漫著揮之不去的死亡，以及孤獨疏離的基調，但卻不致令人頹喪枯槁。書寫，是告別死亡的最好方法，而這也正是言叔夏一向所關懷的，從論文到創作，皆是念茲在茲不斷回心的主題。在這本散文集中，我卻看到了她對於死亡的詮釋，不是虛無，或是終結，而是以重返孩子的童稚狀態，扳回時鐘的指針，讓一切不可逆轉的，從此有了逆轉的可能，從黑暗中，見到光的萌芽。

而我也以為，這才是言叔夏身上最可貴的素質。這十多年來，她從花蓮到台北，從東部鄉間到城市盆地，從大學到研究所，時間與世俗的塵埃，卻不曾在她的身上駐足，反倒是更加琢磨出一顆有如鑽石般澄淨剔透的心來。而這本散文集就是她心靈的水晶世界，我在讀時，卻又不由自主地聯想起了許多年的某一夜，在北京王府井夜市看拉洋片，眼睛湊在小洞前，看著洞內另一光亮迷離的所在，彩色的剪影一一流轉，有人有動物，有街有樹，悠然而逝，沉靜又天真，若生若死，但就是不在人間，看著看著，我的心中竟忽然湧起了莫名的快樂與悲哀。

（本文作者現任中正大學台灣文學研究所教授，著有《溫泉洗去我們的憂傷——追憶逝水空間》、《衣櫃裡的秘密旅行》等書）

土星的環帶

黃錦樹

土星將要離開我的第四宮，四宮的尾巴天蠍座，於是今年的生日，在葬禮中渡過了。整個傍晚我們吹奏號角，圍著圓圈燒火紅蓮花，直到夜暗下來，周圍的景物退得很遠很遠。整個送葬隊伍被霧完全掩蓋。大霧散去，我忽然就只剩下自己一個人，在這個暗黑的平原上了。

有時我感覺自己來到世界，只是個空空的容器。承載世界。有時世界變成了海，就承載了我。好久沒有大哭。雖然我不清楚那是為了什麼。也許是時間。有人告訴我，土星是一個虛的實體，無法抵達，也不能登陸。它的環帶比它本身來得更真實。

——Facebook of Camille Liu, 12 Jan 2013

去年有位本地學界的朋友又在抱怨台灣本土學人對馬華文學的研究乏善可陳，我隨即轉寄一篇劉淑貞的論文給她看看，附了一句評語：「這論文比她老師寫的好太多了。」這種話或許會為她樹敵吧。但學術之路本也是條江湖路，有敵人也會有朋友，即使刻意廣結善緣的人也會經常中暗箭。最後憑靠的還是自己的實力，況且論文真正能傳世的也不多。

很可慶幸的是，台灣文學研究的領域近年出現了若干有潛力的年輕人，而且同時從事創作。劉淑貞無疑是箇中佼佼者之一。讀她的論文可以看到，在理論的廣泛涉獵之外，還可以清楚感受到有一股對文學的強烈激情。那種激情在她的老師輩的論著那裡幾乎是被徹底壓抑掉的（如果不是從來沒有過的話）。雖然，那也可能是種危險的激情，尤其在台灣學界論文急遽學術化、學究化以利數目字統計的年代。另外一個值得擔心的是，過度膨脹的台灣文學學術產業或許會讓積累畢竟有限的台灣文學不勝負荷。這份負面的冗餘或許會轉嫁給年輕的研究者，限制了他們的可能性。

聽說她也寫作，後來從《台灣七年級散文金典》裡讀到她的〈馬緯度無風帶〉、〈憂鬱貝蒂〉。前者是我近年來讀到的少見的散文佳作——因為某種我自己也難以說清楚的原因，大概有幾年忽略了年輕一代的寫作——也許還包括自己的寫作。

寫散文時她或許叫言叔夏，我不知道（也沒那好奇心去探詢）她還有哪些筆名。

爾後在她的部落格裡零零星星的讀到一些文字，羚羊般跳躍的意象，欲語還休的道出自身生命的某些傷害、失落、啟悟，或某種難以言喻的感思。除了極少數的例外（幾篇寓言或小說），我讀到的她的大部分寫作並沒有逾越現代散文的界限，這種自覺是很值得一談的。

我認為《白馬走過天亮》（九歌，2013）這部散文集是相當標準的現代散文——嚴格意義上的現代散文，是六〇年代以來，由余光中、楊牧加以命名、概念化並實踐，從〈鬼雨〉到《年輪》到唐捐《大規模的沉默》，在台灣現當代文學裡斷斷續續的延續著的一種寫作。從文學史的角度來看，台灣文學界對現代散文的自覺創造可以說是對五四抒情散文的侷限的嘗試克服（那一代的現代散文界碑是魯迅的《野草》）。進而言之，那也可能是克服抒情散文的有限性的一種（可能有效）的方式[1]。

和一般人的認知也許恰好相反，散文（這裡嚴格限定為抒情散文）在現代文學系統裡，可能恰恰是一種最不自由的文類。散文的寫作者很快就會意識到，它其實嚴格的被限定在一個有限的範圍內。它不像小說有虛構的自由，也不如現代詩有相似於小說的自由——藉由虛擬的核心、虛擬的情境，次第的展開詞語之花。位置介於小說和詩之間，因著它嚴格的有限性，它之被獨立對待，從文學系統的角度來看是非常勉強的[2]。大部分寫作者也近乎默契的默默遵守著這限定，少數逾矩者都會付出相當嚴重的代價。如果是文學獎的場合，那甚至是個準法律問題（「詐欺取財，不當得利」），而不只是個道德問題（欺騙）[3]。

因此，它其實非常孤單，它被迫直面生命經驗，被逼面對個人經驗的單薄貧瘠。它得到的反饋或許是，它可能是最認真、最真誠面對生命自身的一種文類——它先天的告白特性、凝視自我，甚至反思性。

既然小說式的虛構之路是不被容許的（那是個禁忌），如果不想流於文字的白描，平鋪直敘的自我暴露，唯一一個可以選擇的道路就是借鏡於現代詩。那條路徑我曾把它稱為修辭的拓展。但它不限於修辭，而涉及詩的各種技藝，甚至是戲劇化，這在既有的現代詩裡也有許多例證。戲劇化之路可能讓它趨近於小說，但現代散文似乎總是自覺的以主體生命的本真性為其核心。弔詭的是，那往往來自於傷害。罪是另一個可能性，那也有長遠的傳承，譬如西方懺悔錄的傳統。但為什麼歡樂不是？歡樂彷彿是另一個禁忌——在時間之流裡，歡樂容易被它的對立面沖淡、覆蓋、抵銷。反之，感傷、悲哀往往有很強的存活力、感染力，可以一直發揮作用——甚至後遺的把未來的某個當下共時化為過去。寫作大概是直面它的最好的方式，也或許是防止它突襲的最好的方式。

雖然是老生常談，傷害往往是啟動書寫的那個按鈕，啟動一種與自我、與遠去的幻影之人的總結式的對話。

言叔夏的書寫似乎毫無選擇的從散文被規定的有限性展開[4]，以直面自身經驗的有限性、傷害的本真性。於是讀者可以清楚的看到一個年輕的孤獨女子，愛穿黑衣，愛孤僻，獨來獨往，大概慣於從情境中自我抽離為一個觀察者（〈尺八癡人〉、〈白馬走過天亮〉），那也是從小養成的自我保護的能力。她的出生不被祝福，和母親的關係相當緊張（〈閣樓上的瘋女人〉）。從台灣西部的鄉下到遙遠的、暗夜般荒涼的花東去求學。而後北上，有一段時間住在可以看見陌生的腳在窗外頭來來去去的走過的地下室（〈馬緯度無風帶〉），愛亂作夢（〈夢之霾〉）。而她也常常獨自品嘗寂寞，以致幾乎愛上自己蝸居的房間和衣櫥（〈袋蟲〉）。身為那一世代受專業訓練的文藝青年，敘事中偶爾會選擇性的暴露一些讀過的書（太宰治、邱妙津、Susan Sontag、班雅明）和電影，但也許刻意忽略掉的名字更為關鍵。譬如當詞語如此輕快的跳躍：「書名好像是一句法語，唸起來像一隻鼻子，我唸著唸著就覺得自己變成一隻大象。」「那布偶極愛轉彎，那轉彎的弧度極美，那傾斜就是一種正確，那棉花屑，沿路不斷掉落就宛如秘密的雪。」（〈尺八癡人〉）那隱藏的名字就出現了。那夏宇似的聯想，矜似的跳躍，是一種文體練習。偏好格言警句，「心是辯術」，「連掌紋也都有自己的路要走」（〈辯術之城〉）「愛這樣遠，痛這麼近」（〈隧道〉，編按：此篇定稿後未收錄）格言警句總是企圖排除時間。

Eileen Chang？

雖然像穴居人那樣，那敘述者也需要外出覓食、上課、談戀愛、訪友、看電影、買書，都是些尋常不過的學生生活。但時間一長，感慨就深了。開篇的〈十年〉有相當的概括性：「十年裡我做了什麼？去了一個不喜歡的城市，搬四次家，和三個人分手，換了六份工作。十年裡外婆死了。」生命中關鍵的十年，順利的話可以從大學唸到博士（但文科往往需要更長的時間），取得社會上升之路的基本資格。但青春的流逝是不可避免的代價，情感的創傷更難以預測。一度親密的情人和朋友，在時間中漸行漸遠後最終都成了大寫的英文字母。彷彿只有那說話的「我」是唯一的真實。敘事中的家庭劇場都是原生的，父母婚姻失敗，以致那原初的愛與依附都殘破不堪；斗轉星移，妹妹懷孕、生子，老輩衰老死去，新來者是全然的未知，生命流轉。葬禮，喪禮如通過儀式，在他人之死中局部的領會生之奧秘。而傷害，又何嘗不是種考驗？

那經驗主體還好不致太過脆弱如邱妙津黃宜君那般，彷彿渾身是風劃出的傷口。言叔夏第一人稱話語的敘述者自有一套詞語的魔術，她有能力爭辯（〈辯術之城〉），即使在她最憂鬱的時候也還保有幾分抽離的灑脫。

〈馬緯度無風帶〉或許是箇中最佳的案例。

一次情傷，背叛，被摧毀的原初的愛（初戀？）。但逼真性的細節一開始即被連串的比喻帶離開，蒙古人的大象，沙塵暴，沙漠，流沙，石頭，馬，駱駝，……大量的問號，猶如漣漪般一圈圈從傷害的核心蕩開。那核心，約莫是被利刃割傷了的純真。反覆出現「黑暗」這樣的意象，也一再把地下室的租處比擬為沙漠。時序推移，從四月到五月，那大概是最難熬的一段時間吧，她用了無風帶的比喻描述那種沉悶。但無風帶其實是個比沙漠有生命力的比喻，它恰恰是一狹長的虛擬的界域。相較於沙漠的乾枯、無盡的絕望，它其實已經蘊含著穿越的希望——代價必須是把那些馬（那些該割捨的）拋進海裡，減輕輜重。渡過之後，就可以感受到迎面而來的風了。

對書寫者來說，縱使不幸也是一種贈予——只要他沒被擊倒，就可以反向的吸收、轉化它。說來弔詭，這像是被信仰者（神）對信仰者的考驗。在一個絕對的意義上，所有的災難都是考驗，即使它帶著絕望的黑暗。因為神意難測，神的時間不同於凡俗時間。譬如猶太教徒召喚的彌賽亞，祂到底何時到來？大劫難時何以總不見祂垂憐降世？身處黑暗時代的班雅明（淑貞愛引用的Susan Sontag《土星座下》熱烈頌讚的對象）的答覆晦澀難解，近年阿甘本（Giorgio Agamben）對它做了番細緻入微、但一樣不易理解的詮釋。「某些事物似乎並未發生，但實際上卻發生了。」[5]一如前陣子的末日預言，世界末日也許真的發生了，但我們並不知道，它被一股我們難以理解的力量抵銷了。反之，彌賽亞降臨了，只是你我都不知道，也無法理解。

如果我們把那樣的解說帶到詩學的領域，或者說從詩學的角度去看，可以說，也許詩（辯證意象）即是那可能的神意。不論是對卡夫卡還是班雅明（還有一樣命運多舛的布魯諾・舒茲），唯一真實的救贖是他們在災難急迫的陰影裡、在危機中寫下的那些神秘難解、彷彿帶著啟示的微光的文字。因著那些詩一般的文字，他們在後人眼裡往往被看成是在世的先知（雖然他們並不知道自己是先知）。那種從劫難廢墟裡奪回的灰燼般的事物，見證了書寫的力量，一種可以把時間喊停，共時化（一如意識批評論證的），甚至變更時間的矢量（「凡不可逆的皆可逆」）。任何有能力的書寫者從自身經驗的災難（甚至個人的悲劇）中，藉由文字向命運爭奪而來的、自身生命本真性的靈光，構成了作為有限性存在的個人的土星的環帶。

我們的被拋狀態無法選擇，但可以選擇與它搏鬥的方式。

謹與淑貞共勉之。

二〇一三年一月十六日，埔里

1 但這一路徑不是沒有流弊，早在余光中的〈逍遙遊〉裡就可以看到修辭的浮濫膨脹。部分後繼者走過頭了，變成反覆使用誇大格以致讓語言彈性疲乏。

2 黃錦樹〈文之餘？論現代文學系統中之現代散文，其歷史類型及與週邊文類之互動，及相應的詩語言問題〉《中外文學》三十二卷七期，二〇〇三年十二月。

3 最近被揭發並引發討論的例子見鍾怡雯〈神話不再〉《聯合報》副刊，二〇一二年十月七日。

4 大概只有兩篇例外：〈用眼睛開花〉、〈Pluto〉。

5 阿甘本著，麥永雄譯，〈彌賽亞與主權者：瓦爾特・本雅明的法律問題〉，汪民安主編，《生產》第二輯（廣東師範大學出版社，二〇〇五），兩百六十八頁。

（本文作者現任暨南大學中國語文學系教授，著有《烏暗暝》、《夢與豬與黎明》等書）

輯一——霧路

黃昏離開。天亮回來
關於那些
夜間旅行的事
只有大霧知道。

十年

嘉南平原的清晨，一直讓我想到外婆家。還有志學街往東苑岔路直到木瓜溪的河堤旁。最後一次從那裡離開，有人在堤上遙控飛機。在嘉義的夜晚，S載著我指認著黑暗中遙遠的物事：那裡就是我跟H大學時代住過的地方。那些漆黑裡一幢一幢孤獨的房子。在看不見邊界的田野裡佇立著。S不會知道，H死後，我的東華時代也結束了。因為H死在那個我十八歲時窗前有著一棵樹的擷雲莊。

而今我來到H生活過的大學。像是交換人生。我在低緩起伏的校園裡散步，假日裡學生們都鳥獸般死寂四散了，只剩下空蕩的教室，洞窟般地敞開著。

（「現在，我可以對你描述我的日常生活了。」）

十年裡我做了什麼？去了一個不喜歡的城市，搬四次家，和三個人分手，換了六份工作。十年裡外婆死了。在八月的下午靜靜自殺死去的外婆，在九月的葬禮上不知道為什麼我掉不出半滴眼淚。因為我不能理解那理由。我想起最後一次看見外婆，是在大學三年級的暑假裡，母親帶著妹妹回到外婆家，因為處理與父親離婚和債務的緣故，整個夏天的白日裡，母親都在陰暗的床鋪深處睡眠著，無法起身。是外婆借我腳踏車，讓我在那樣安靜無聲的南方午後，一直騎到平原巨大的鐵塔下。

「媽媽睡了。不要吵她。」外婆瞇著像貓一樣的臉孔對我說。把食指放在鼻尖。

太陽在天空無聲地運轉。從透明玻璃般極深極藍的天空深處，傳來事物靜靜碎裂的聲音。整個夏天都有一種拔高的音頻，從耳殼深處的漩渦滌盪開來，令人暈眩。

我沿著田邊的小路騎到平原中央的鐵塔下。黃昏漸漸紛湧，以這傑克豌豆般仰頭亦望不見頂尖的鐵塔為中心，暮色從四面八方攏聚過來。我在那巨人般孤寂的平原鐵塔下哭了起來。

外婆死時大家都哭得很傷心，我卻只是一逕地發呆。回過神時，看見身旁的弟弟眼眶泛著光亮。我問他：

「你怎麼了？」

說出口時才忽然記起，這是在外婆的葬禮。外婆已經死去了，所以弟弟是在為外婆的死所哭泣了。

這已經是二十四、五歲的事。

而今我在一個陌生城市黑衣過街。城市的一切都斑敗灰舊了。那些公寓的牆面因為雨季沖刷出一片人臉的輪廓。那些裂痕都像是皺紋，那些水泥裸露的磚瓦都是五官都極不對稱。像是死者的遺照。和第三個情人在同一個路口分手時，我忽然明白外婆的葬禮上無法哭泣的原因。那是因為我日日都在日常中服喪。

時間大於死者，已是死亡等身。我還不懂得死亡，已經先明白了時間。

我在H走過的時間中停留。校園的黑夜如此漆黑，深不見底，彷彿潭水。遠處的平原上，只剩下一點一點閃爍著星星般光亮的鐵塔，孤獨地在夜中佇立。

譬若時間。

夜霧大鳥一般地來臨。黎明之後，又將鳥般地四散飛去。譬若這十年。

S說想念台北城了。他本是台北生人。卻在平原停留了十年。我說真的嗎。是那座雨日長達全年四分之三長的城市？是那座終年皆彷彿被憂鬱症患者不停流淚的蕈狀雲所包覆的盆地？

我們沒有談論關於H的任何事。我們談論天氣、情人、糟糕的交通狀況、難吃的食物、日復一日的工作與論文，以及永無終點的日常。

小南門、仁愛路、凱達格蘭、羅斯福；溫州街、金三角、汀州路、南機場、金山大廈……，這些星叢般的地名與道路，在全然的漆黑中，終於像遙遠的星星般地、因為話語而翻湧，並且終亦因為緘默而感到無處可竄逃。我們說你知道那個誰誰誰現在在做什麼嗎。你知道哪裡哪裡消失了又重新蓋起了新的大樓。你知道誰誰誰去了嘉義又回來花蓮……頃刻我像被什麼哽塞住了喉頭。忽然間我與S都不再說話。記憶像光年一樣包圍了我們，從平原黑暗的四面八方。

袋蟲

我很喜歡房間。

很喜歡四面牆壁緊緊包圍著的感覺。在房間的中央抱膝蹲坐著的時候，總覺得好像回到了遙遠的地方。

令人懷念的氣息籠罩了上來。像是在孤寂的童年場景般的地方，無論經過了多久，都特地趕來的、某個重要的人，果真翻越重重的日夜，抵達這空無的、只有我獨自一人的洞穴般的房間，而與我相見了。光是為了這份心意，便令人感動得想哭。

雖然，並不知道是什麼人。但是，只要坐在房間裡等待，就知道他一定會來。

或許不是懷念。或許是很久以前失落的某種東西，遠在肉體被生下來前，就已經存在的一種觸感，穿透過潔白得不可思議的光芒，伸過來的一雙手，對我做出神佛般的手勢。不管在房間的任何一個角落，那手臂永遠溫柔地抱著我。

房間是我非常重要的親人。

夜晚，我在不開燈的房間裡工作著。白天，就放下厚重的窗簾睡眠。

我是作息混亂得像是空中飛人般的二十五歲獨居女性。在井一般的房間裡紊亂地生活著。穿過的衣服、打發時間而隨意從書櫃裡取出的雜誌、坐墊，與積著薄薄灰塵的抱枕，在房間的四處散落著。不過，房間沒有發出任何怨言。

不會因為沒有日曬就忍不住抱怨。不會要求增加更多家具。

「本來就該如此的地方，不能勉強。」房間彷彿凌厲地對我說著：

「就算裝出再怎麼可憐的苦瓜臉，房間就是房間，頂多是個箱子。既不會變成夏威夷海灘，也不會變成河流。」簡直像是開光般的告白，房間不用軟弱逃避現實。

壁癌、腐蝕的水管、壞掉的燈、門口鏽蝕的綠色信箱。

不管再嚴重的打擊，都將之視作物理性的敗壞。

我想，為什麼房間會有這樣意志般的堅強覺悟呢？彷彿是從有天地以來，就矗立在那裡的窟穴一般，靜謐地、安詳地存在著。有著敦煌石佛般的堅定眼神。

或許，那是因為它具有著人類所沒有的質素吧。

壞毀了也無所謂。被侵蝕了也無所謂。我就是我。而且今後也將繼續以我的形式存在下去。

彷彿聽見房間這麼說。

房間的外面，是一條靜靜流淌的河流。

不過，我卻很少到那條河邊。

在房間的陽台眺望著河水，看著傍晚散步的人們在河堤上慢慢地走著，我覺得自己好像正在他們的身邊。

不需要特意地到「那邊」去，便覺得已經在「那邊」了，這是房間所教導我的事。

我無法想像不在房間裡的自己。

在夏日耀眼的陽光下行走著，穿著光線下顯得特別鮮豔的綠色T恤，穿越著午後安靜無聲的巷道。五官與輪廓，都因為強烈的曝曬，而變得輕浮了起來。痘疤也好，黑眼圈也罷，即使是再怎麼精緻的臉孔，一旦出現在商店街的櫥窗玻璃裡，被倒映著，無論如何看起來都像是連自己也不認識的別人，而令人愈發感到焦慮了起來。

不過，在房間裡的自己就不會這樣。

房間裡的鏡子所顯現出來的，總是陰涼的、樹蔭般的五官。可以讓人安心地在上面休息。

因此，即使只是到不遠處的便利商店購買食物，我也想快點回家，與房間相見。

萬不得已要出門的時候，我也勢必帶著房間。

那是像是電話亭般的設施，由隱形的玻璃所組成的四方箱子。當我移動的時候，箱子也跟著我一起移動。

如果遇到需要交談的對象，就拿起話筒，隔著透明的玻璃撥打出去，不管在街上、辦公室、學校或者電影院，房間以攜帶式電話亭的方式守護著我。

我想，如果在與朋友或者上司之類的人交談的途中，房間突然現身的話，一定會嚇到大家的吧。

「這是什麼東西呀？你在那裡面做什麼呀？而且，為什麼這個東西會跟著你到處跑呢？」

想必對方要是突然看到了，也會大惑不解吧。

不過，沒有人這樣發問過。

就像童話故事裡只有「聰明的人」才看得到的新衣，房間也是一種「國王的電話亭」吧。

像披著隱形斗篷般的背後靈。不管到了哪裡，總是發出幽靈般的叫喚。我的心無論何時都想與房間緊緊地結合。

簡直像是熱戀，分開的時候懷念得想哭，相見的時候又大大地鬆了一口氣，每次分離都覺得此生可能不能再相見。

所以，我的房間幾乎沒有任何訪客。

房間喜歡著我，而我也癡狂地喜歡著它，在這漩渦般的戀情裡，容不下第三者。

不過，那個夜晚，卻出現了意外的訪客。

那是一種叫做衣蛾的蟲蛹。袋狀的灰白色外殼。不仔細看的話，還以為是掉了漆的水泥屑。平時總是懸吊在天花板的角落裡，像是水滴般地垂掛著。不過，那一天，在漆黑房間僅有的一盞昏黃光暈裡，一隻衣蛾「啪！」一聲掉落在我的面前。

「這是什麼？」

正當我好奇地將鼻尖湊近，想看個仔細的時候，桌面上那瓜子殼般的白色袋狀物竟然伸出了頭。我立刻驚嚇地彈跳開來。

不過，衣蛾顯然沒有理會我。

牠只是悠閒地伸長了脖子，打了一個愛睏的呵欠，像是從天而降的仙人一般地，在桌面光圈的平原裡漫步了起來。那個樣子，實在傲慢得令人火大了起來。

「開什麼玩笑，竟把人間當作了自己的天堂嗎？請睜眼瞧瞧看，這裡到底是誰的地盤呀！」

我立刻抽了一張衛生紙，「砰！」一聲地對著桌上正在散步的衣蛾拍去，衣蛾在皺成一團的衛生紙裡，很快地將頭伸進袋狀的殼蛹裡。牠的身體非常非常小，但是，卻拖帶著很大的殼。

打開電腦，立刻搜尋跟衣蛾有關的資訊。

潮濕的雨季會大量出現，陳舊的老房子裡也為數不少，衣蛾以石頭蛹的群像在房間的四處遷徙著。

也是辛勤的紡織者。蒐集灰塵與毛屑，編織成背上那灰白色的殼。

所以，衣櫥是衣蛾最喜歡的地方。

牠們總是愚公般地搬運著衣物上的毛球與棉屑，地板磁磚上的細小灰塵，排水孔裡短短的一根一根的毛髮，然後，在黑暗的夜裡，將那當作磚瓦水泥般地，一點一點蓋起了自己的房間。

所以，衛生紙裡被捏成一團的灰白色殼蛹，並不能真正殺死衣蛾。
牠總是躲在那灰白的、粉筆色的沒有生命跡象的殼裡，直到敵人遠離，便再次地，將那細長的、懶腰般的頭伸探出來，之後，悠閒地，愉快地繼續行走。
那一定是一張只有在顯微鏡下才能被看得仔細的五官。有很大的眼睛、鼻子、囓人的牙齒。
但是，在肉眼的世界裡，衣蛾所擁有的昆蟲的臉孔，只是原子筆墨水般的黑色小點。當我俯下身張看著從殼裡探出頭來的衣蛾，衣蛾也正睜大眼睛看著巨人般的我。
一想到這一點，便覺得衣蛾是與我相同具有可以互相對視的眼神的某種存在物，而令人忍不住戰慄了起來。
凡是人以外的東西，只要擁有眼睛，就覺得對方與我似乎能夠用語言溝通。所以，餐桌上的動物，除了魚以外，幾乎都是沒有眼睛的東西。
光是注視著對方的眼睛，無論如何，就不能把牠當作食物般地吞嚥下去，因為，只要稍稍凝視著那彷彿還骨碌地轉動著的眼珠，便覺得有吃食人肉的罪惡之感，雞的臉、豬的臉、牛的臉，不在必要的時刻絕不上桌。
眼睛所傳達出來的心情，說明了一切。

那是超越了國籍、物種以及各種生物間的區別，是不能被歸類為任何一種語言的絕對性存在。在那不需要說話，就能彼此明白的話語裡，只有寬恕一詞可言。

我想，人類之所以能夠恣意地撲殺著衣蛾般的小蟲，正是因為看不見那微不足道的眼睛吧。

所以，徒手打死蚊子就像家常便飯，但是徒手打死蒼蠅卻總是令人忍不住噁心地想吐。那一定是因為蒼蠅的亡靈，以那斗大眼珠的方式，回來指責人類了吧。

看著衛生紙團裡緩緩張開的衣蛾的殼，我突然有點害怕了起來。

因為，在那無機物所編造的灰白殼裡，所居住的，是和我有著同樣臉孔的生物。

在與我戀人般相戀的房間裡，還有別人存在，這件事讓我很不安。

夜裡，睡覺的時候，衣蛾總是懸吊在天花板上俯瞰著我。

洗完澡後，濕漉漉地走到衣櫥前，邊擦乾頭髮，邊換上衣服，衣蛾也低頭張望著我。

當我惡狠狠地抬頭回瞪著牠，牠總是滿不在乎地吊掛在原處。

我想，那一定是因為牠隨時都拖帶著那棉絮織成的硬殼的緣故。

衣蛾所在的殼，是個比起自己那微薄的身體，還要來得大上數十倍的殼蛹。以人類來說，就像是一間游泳池般的大小。

不與同伴共用著同一個房間，也絕不背叛自己所在的殼蛹，不管生或者死，都跟房間相與共，衣蛾自律地、堅強地，在自己用灰塵打造出來的巢穴裡生活著。簡直像是肉體與肉體相連的伴侶。

為什麼衣蛾能夠恣意地擁有這樣的人生呢？那種像是宿命似的工作，彷彿一出生，就為了與房間相戀般地來到了世上，終其一生衣蛾都在做著同一件事。直到身體壞毀為止，而終於死在那自己編造出來的殼中。房間也成為了墓穴。

衣蛾的殼中，除了自己以外，什麼也沒有。但是，我的房間裡，卻塞滿各種東西。旅行回來的紀念品、各時期拍下的大頭照片、分手的戀人所遺留的拖鞋、搬家時從另一個房間攜帶過來的書櫃、床單與家具。

我想，如果我也有一個游泳池般的房間，我所拖帶的東西與回憶，也絕對會塞滿整個游泳池，直到它再也吃不下為止。我不是衣蛾那種家徒四壁的居住者。

不管到了哪裡，不管攜帶著再如何強固的「國王的電話亭」出門，每次回到房間，我一定會將外面的什麼帶了回來。笑語也好，哭泣也罷，別人不經意的一句問候或者心意，傷心的與不傷心的。

彷彿又聽見房間這樣指責著我：

「今天又把一些亂七八糟的東西帶回來了。你到底有沒有把我當成戀人般認真地看待？」

因此，擁有著絕對戀人身分的衣蛾，帶著自己的房間，像是老年夫婦般相愛地在我的房間裡漫步時，便不免令我惱火了起來。

「簡直像是在跟人類誇耀著自己那潔白的人生了嘛！」我忿忿不平地想著。或許，衣蛾也正在吃吃地嘲笑著我。

這樣的衣蛾，在五月的梅雨季裡，大量地出現在天花板上，並且，流星般地啪啪墜落著。簡直是跳傘部隊。

掉落到地上的衣蛾，像是外星人般降落地球，而且，開始四處流竄著。

明明知道衛生紙無法完全將之撲殺，不過，我仍然在房間的角落到處追逐著牠。衣蛾很輕易地被我捉住，捏成一團，不過，即使是被用衛生紙掐到眼前，與我面面相覷的衣蛾，也完全沒有要妥協的意思。一旦我目露兇光，衣蛾便唰一聲迅速縮回了殼中。

我氣憤得不得了，於是，搖晃著手中的紙團，叫牠投降。

如果是別的動物的話，會跟我正面對決吧。比方說狗，一旦對到了眼睛，就會沒完沒了地跟上來，直到一腳把牠踢開，或者嘶吼回去。受傷也好，被說是腦袋太過單純也罷，狗就是具有那種不達目的絕不善罷甘休的厲害才華。

但是，眼前這片瓜子殼般的袋蟲，卻恬不知恥地縮進了那棉絮做成的房間，連用眼睛向我乞饒的努力也不肯做。這，到底該說是懦弱還是虛無呢？

我不敢把掐捏了衣蛾的衛生紙丟進房間裡的垃圾桶，因為，牠必定會在討伐結束後的黑暗裡，伸頭撥開紙團的皺摺，優雅地，從容地，爬回地面，之後，帶著牠的房間，繼續在黑色的平原裡睡眠旅行。

於是，只要抓到了衣蛾，我就毫不猶豫地往陽台外丟去。樓下加蓋延伸出來的鐵皮屋頂，沒有多久，就遍佈著一團一團白色的衛生紙團，那裡面裝著蒲公英般正在旅行的衣蛾。

不過，即使已經做到了這樣的地步，還是不能安心的。

據說，在一個家庭裡，只要出現一隻蟑螂，就代表這個家庭的暗處埋伏了三千隻其他的蟑螂。衣蛾也是同樣的道理。網路上的人這樣回覆著我的發問：

「如果晴天的話，就把衣櫥裡的衣服全部翻出來洗，用強光曝曬。因為衣蛾很可能已經在那上面產卵，換句話說，在你看不見的地方，都有蠢蠢欲動的孵化中的衣蛾的蛋。」

我完全無法接受房間與我之間還有別人，更不用說是三千位別人。

於是，梅雨季的中間，偶爾出現的少數晴天，我都在歇斯底里地清洗著衣櫃裡的衣服，買吸力很強的吸塵器，拼命洗刷地板。

但是，當雨天再度地來臨時，房間裡的光線轉成陰涼，灰塵薄薄地從陽台的落地窗被風吹來，在桌面無聲地降落。像是蘑菇一般。頭髮長了，只要漫無目的地在房間裡走來走去，也會在前天剛打掃過後的地板上，看到一根兩根掉落的毛髮。

我想，衣蛾這種東西，該不會天生就是用來指責人類的一切努力，都是沒有用的吧？即使掃除得再怎麼乾淨的地方，灰塵還是會再來的。排水孔的黃垢與鏽蝕，無論再怎麼用力刷洗了，經年累月，一樣會出現的。而我，作為一個人類，終其一生，都必須處在和那不潔的污垢敵對的戰爭之中，沒有公休的時間了。那簡直像是，整個人生都在做著自我清理的工作了嘛。

忍不住要沮喪了起來，而頹坐在房間的中間。

房間靜謐地在夜晚裡沉睡著。

熟睡中的房間，有著一張戀人的臉孔。

書櫃、地毯、衣櫥和天花板。鞋櫃裡擺滿我喜歡的鞋子。地墊的方向。電視與電腦那一片漆黑宛如森林的螢幕。

「你到底有沒有心理準備，要跟我這樣單調無聊的箱子，一起生活到死呢？」

彷彿聽見房間這樣問。

「那可不是休息這樣簡單的事而已呀。如果是休息的話，你與我都只是彼此的客人，稍微停留了一下，就勢必要互相告別，到另一個地方去的。不過，你與我之間，不是那樣的關係吧。」房間在夜色裡對我訴說著。「那是更重要、非常重要的另一種關係呀。」

啊。如果可以的話，我也真想成為像衣蛾那樣的人啊。

很想一直與房間相戀，直到變成了白骨為止。一百年以後，被人從牆壁的鋼筋水泥裡挖出來，連身體也一起埋進了這個房間。

生也好，死也好，食物也好，排泄物也無所謂，在同一個房間裡舉行著的，我那自我消化的儀式。

很想被房間緊緊地包裹。書櫃、雜誌、蓋過的棉被、喜歡的鞋子，和重要的回憶，全數捨棄。希望房間能從四面八方把我重要地抱住，溫柔地告訴著我：「這裡已經沒有痛苦的事了噢。」在我與房間之間，只有空空的、像是胸腔般的洞，被風咻咻地經過。發出哭聲般的哀鳴。

不過，如果是那樣真空般的、沒有痛苦的所在，為什麼，我還會聽到那種低泣的哭聲呢？那找不到源頭的悲傷的號哭。像是童年裡一次迷路的孩子，沿著離風很遠的道路，由遠而近，慢慢地回來了。

雨季好像會一直下到世界末日。衣蛾持續侵襲著我。雨滴般不斷掉落在房間的各個角落。似乎帶來了訊息。我想知道那灰白袋狀的殼中究竟訴說了什麼，於是，邊清理著一切，邊愈發焦急了起來。

不過，還是不能知道的。

衣蛾守口如瓶地守護著牠自己的房間。

而我，還是不能成為衣蛾的。

牙疼

春雨一下，牙床就軟軟地酸了。支著下顎走路去很多地方，搭捷運，講課，與人交談，吃軟軟的食物。牙床酸起來時就感覺腫，誰也不想見，而剛好又是誰都不必見的時候，我會躲在不開燈的雨天廚房裡熬一鍋粥，加黃砂糖，熬得甜甜爛爛，搬一張板凳坐在流理台前讀書，聽窗外綿密的雨水，整條街都泡爛般地慢慢地下。緩緩地熟。軟浸軟浸地爛。春天裡的牙疼有一種濡爛的酸。不特別想動，有時就放任著它疼。腫爛一樣，有時疼著疼著也就感到了塌。臉都垮下來般地塌。這種時候誰也正好都不會上門，可以垮著嘴吃一碗鬆鬆熱熱的甜米粥，把疼痛浸泡起來似的。

這樣泡著的時候，就會感到那顆牙在很深很深的地方，被琥珀色般的液體浸著。從牙根深處的根莖開始軟爛了起來。慢慢燉著。天氣漸漸地溫著，熱著，溽著，漸漸地就餿著了。發出一股餿味。但雨天裡哪裡也不想去，遑論牙醫診所。於是就這樣拖著一顆爛牙在屋子裡走來走去，穿薄長袖毛衣，看起來什麼也沒發生。但舌齒間撥弄著那顆蛀掉的牙，隱隱抽痛。蛀洞裡傳來咻咻聲，像有蛇鑽過。

牙疼是很難讓人起照顧心的。像是一種病，卻又說不上病在哪裡。感覺像只是身體的零件或齒輪鬆脫了開來，掉了一個兩個，再補便是。但牙疼時我總感覺自己是病著的。痛感方面像是受傷，有表皮被剝落的發炎之感。疼起來時總覺得整張臉都是腫的，變得厭惡起照鏡子之類的事。如果正好都是不用出門的日子，整個春天就會非常邋遢地過著。我本來就是邋遢生活的人。牙疼時變得更不愛接電話，反正四月裡會打來的朋友多半是抱怨想死的。而五月他們就都會好了。跟你的牙疼一樣漫不經心。經常喝粥，並且從不接收郵差的掛號信。這些事情都比不上一個水族箱般浸透的屋子。一根深海貝類般的蛀牙。一整個下午風向飄忽的雨。春雨下得到處都是。滿街都是竄走的傘。而你在一盞吊燈的陰天屋子裡，慢慢地煮。感覺不被照顧，同時又感覺到不需要。一種類似倔強的感覺。因為你只是整個右頰都酸酸軟軟地疼。蒙起未收的冬被睡一場長長的覺，在夢裡繼續疼痛。然後作一個無人的夢。夢裡像高中時代的保健室下午，裹一條毛毯微微地忍耐著。十月左右的陽光從百葉窗外斜斜地曬入，將自己烘得好暖。你就想著：疼痛原來是暖熱的。

四月裡的牙疼也是暖的。巷口吃一碗糖水豆花爛花生才甘心去的牙科，有一種遊戲的氛圍。小時候我害怕看牙，母親總說拔完牙齒就帶你去隔壁冰店吃一碗草莓煉乳雪花冰。

剛拔好的牙床還軟軟的，凹成一個洞，舌尖忍不住一直去舔。混雜著雪花般的綿冰與微熱的痛楚之感，有時侵逼到了牙髓，整個口腔都尖銳地拔高了起來。那時的我卻覺得非常非常快樂。那個牙醫是鄉下小鎮街上唯一的牙科診所，裝飾著發黃的匾額與掛號檯。看牙的手術檯不知為何在記憶裡老是呈現著鐵金屬的質地，連漱口杯也是銀亮的。那個牙醫從那時起已經是個老醫生了。而隔壁的雪花冰店掛著八〇年代才有的那種彩色珠簾。幾次回去，診所早已原地消失。我在這裡遺失了此生第一顆乳牙，並且以一個成年人的方式理解關於失去了一顆牙齒，並不總像掉了一根頭髮那樣，只要留住孔洞，就會重複地增長出來。就像失去一根手指，並不會再長出全新的一根。在漫長的雨天診所裡等待著的時候，我想：這一切究竟是從什麼時候開始的呢？這麼想著的時候，便隨即又想：這一切指的是什麼？

沒有了母親允諾的雪花冰，獨居以後，我少看牙了。而牙也極爭氣地和我挺過一段堅硬無比的時日。我曾在獨居的午夜一個人吃斷半根臼齒，混著餅乾碎屑被吐了出來。湊近一聞，那小小的半根玉石般的臼齒，有一種奶餿的氣味。好像童年時的某支奶瓶被放了太久而沒有清洗的味道。不知道為什麼我覺得非常開心，好像得到了一隻五歲的我。我將它放進抽屜底層的小盒子裡，非常安靜地坐在屋子的中央，聽窗外流過的雨聲。春雨一下，整個城市就海綿般地膨脹起來，每條街都濕得可以擰出水來。像哭一樣。整個春天都像哭一樣，騷亂微爛，好暖好暖。暖得讓人想哭。就像牙疼，可以蜷在口腔當一顆爛掉的牙。

四月就這樣要掉不掉地過完，如同那些一往懸宕的物事，親密非常。

散步

秋天的街道沉沒下去，彷彿海波，不知被覆沒的是我的雙眼，還是起伏的道路。溫度驟降的早晨，只是一夜的時間，季節就來臨了。翻滾著，翻滾著，我好像夢見了什麼，好像什麼也沒夢見。

「此身雖異性長存。」擁著冬被坐起，不知為何想起了這樣古老的句子。彷彿遙遠的年歲，在漸漸遠去的夢裡，洞穴般地傳來。每個句子的岔音與意義總有一個永不彌合的縫隙。皮球那樣地在我胸口的左側一拍一拍地微弱下去。像我們。像那個季節裡的所有並肩。所以我總是在散步的途中。

我喜歡一個沒有人可以打電話的晨起，連刷牙也變得吵鬧起來。住在那條坡道上時，我戒掉了日伏夜出的惡習。

「你是住到了時鐘的另一面。」

「我只是住到了你左邊的臉。」

長情的日子像線圈纏繞，愈拉愈遠我就會消失不見。我討厭剩下一個空空的線軸在原地打轉，像身體，而所有話語的終點莫不是身體？

「和你在一起的日子，我覺得我沒有了自己的語言。那種感覺好像沒穿衣服似的。」

意義漂浮著意義。到最後所有的意義都變成了話語。有人可以靠著迴圈般的辯證生活下去嗎？窗子的外面還有一個窗子。是誰在往裡面看？是誰在往外面看？

「所以你的意思是要離開我？」

「那不會是我的意思。那是語言的意思。我對我的母親也會有同樣的感覺。我不會離開你。因為那意味著我要離開所有的人。」

「這還是語言的意思。你可以擁有一間自己的房間。」

「我早就有了。在我的裡面。」

斜坡路上的女子都有一個孩子跟著。他們戴著小圓盤帽，背小小的書包，街車錚錚走過以後，就聽見那吊在書包上的提袋裡傳來湯匙在空便當盒裡的匡啷匡啷聲。整個早晨就因為那聲音，而有了一面傾斜的海。可以穿著睡衣下樓拿一封信。可以讓這封信整個失竊。

※

把台北住成一個異國，我的鐘面日日遲滯不前。我叫這排公寓白天公寓。在這裡我被贈予整座奢侈的白天。晨寐與午寐，大量的晝寢，像瀑布，有時我像隔著瀑布的水簾觀看著窗外大片而亮晃的白日。

「你會漸漸健康。」

「可是為什麼我一直感覺生病？」

「你不可能一生都居住在夜晚。」他微笑地推了推眼鏡。「因為這個世界是為白天所佈置的。」

白日追逐著黑夜。從零度到零度。不可能嗎？我該怎麼告訴我的醫生，我一直居住在另一個人的另一面？像月球的暗面，停留在鼻翼的左側。黑夜來時，身體就蜷成一種黑。是誰告訴身體外面正在天黑？而我長年的夜間生活卻總像個小偷般躡手躡腳地跟蹤著白日的軌跡，側身躲在暗影的縫隙裡。直至死時，雙眼終於枯竭耗費，變成了一隻頭上長燈的魚。那時我必會全然地眼瞎目盲，遊蕩於荒野。一個遠行回來的尤利西斯。

秋日如此。天高地厚。走到哪裡都感覺鞋跟踩得地底叩隆叩隆。離開診所，還有那點連接著點、線連接著線的捷運轉乘圖，一關接著一關地等待著被破。我老像遊樂園裡的咖啡杯乘客，將自己拋擲。我所能決定的就只有拋擲自己。是路帶我走上回家的路。

霧從斜坡的盡頭升起，和我的步伐一樣。走著走著，就忽然覺得有了一個並肩的人了。有時我會把「我」稱作「我們」。在一天盡頭長長的日記裡。

※

「所有的散步都會把腳散掉。」年輕時寫下的一行句子。像卦一樣。雙腳的螺絲喀啦喀啦鬆脫的時候，也總想起這樣的一雙腳，畢竟拖七帶四地跟了上來。我有好久的時間不知疲倦是什麼。也有好久的時間沒有擁有過眺望某物的激情。生活像水。我日夜紡織的時間，一匹一匹，河流般地蔓延向他方。

而生活總是在他方。四野八荒。我要河流般地流溢向何方？我是生活嗎？還是我只是生活的一個意志？意志牽連著意志。我以為我已經到了遙遠的彼方。

「把燈滅了。我們出去走走。」

「你這樣好像在說撲滅一隻飛蚊或什麼。」

「這幢屋子已經暗了。」

「因為地球漸漸轉到面光的那面？你看過牆上的那張日照分佈圖？醫生說我需要光。可是總不能像神那樣，說了光，就有了光。」

「你老是這樣。不關心夢嗎？」

「夢不是一種只出現在黑暗中的事物？」

該如何理解夢？有一日我作了一個全黑的夢。在夢裡我以為我變成了一個瞎子。瞎子作的夢理所當然是黑的，可是後來我發覺那不是夢，那是窗外整條街道的路燈都壞毀了。我在全黑的房間裡重新感覺自己的雙眼。感覺黑色極端迫近眼球的凸面。感覺黑色裡冰涼冷冽的空氣。

「有絕對的夢嗎？我從來就不是你以為的那種人。為什麼我要為一個別人作的夢負責？」

有人把臉變得極冷極峻。有人攀爬石岩。失足以後，整座山谷就支撐起一張爬滿碎石的臉孔。空谷回音。有人來過了。

※

一起去的街角市場，天光盡滅。市場旁的小學放課了。滿街都是戴小圓盤帽的孩子。背著紅皮藍皮綠皮的小書包。水壺像蝴蝶一樣地搖晃。整條街都是那種錚錚的聲響。他們才是這條街道的小石，要被流送到什麼樣的地方？

有些時刻，我會非常想要一個孩子。一個安靜、愛笑的孩子。想得幾乎想要去偷一個。每天早晨，我像個母親一樣地幫他裝盛便當，幫他戴上小帽，幫他穿一雙白花花的襪子。我要帶他走路，走上這條斜坡，走過整個冬天將至的濃霧。聽他說：「媽媽，我看不見你了。」

而黃昏的雨就這樣來了。街上的孩子紛紛四散，竄逃一般。我撐起了傘。這不過是一日將盡的一個日常的散步。明天，還有後天，大後天。日子堆疊著日子。我比一場毫無預警的雨擁有更為健康的作息。

「我的生活在哪裡，你就在哪裡。」出門前他說。

「關係牽連著關係。你撿拾了什麼，就佩戴著什麼。人不是總將另一個人佩戴在身上？」我擁有腦海裡的聲音。從我五歲醒來的某個下午，我就忽然發現了腦子裡的這個聲音。她既是我，有時又總是命令著我。我有一個隱密的箱子，箱裡蹲踞著一個小小的女子。當我說「我們」的時候，「我們」其實是說「我」。我日夜用這個聲音佩戴著你。把你像玉石一樣地戴在胸間與腰際。我感到自己非常非常地想你。

而黃昏的雨落了下來。一個陌生孩子，就這樣竄入我傘下的腳邊。彷彿雨中河流裡被我彎身撿起的石子。仰望的眼睛擦得好亮好亮。

「下雨了。」我低頭看著他說。

「我沒有帶傘，可不可以讓我躲一躲？」他的話語有著一種成人的語境。

「讓我們走一小段。」我說。我們可以抵達雨的彼端，那片小小的騎樓。

究竟是誰守護了誰？白日終於徹底離去。黑夜來臨。我感覺兩種顏色的暗影疊放在我的皮膚，緊緊包覆。它們交映成一種無法言說的顏色。

魚怪之町

有時，會想起那樣陰霾的天空。那是現在幾乎只會出現在夢中的場景了。水彩般暈染開來的深淺痕跡，形成低壓的雲帶。南部老家的樓頂，九月左右，放學的傍晚，雷雨胞悄悄地來了。只有嘉南平原才有的雨滴落下前土壤鬆動的發酵氣息，悶濕，疲倦，有著眠寢的召喚；午睡的隧道前，我坐在那像是夢一樣的水族箱中。

母親問我，要不要去港口？我點點頭。但是，在這樣將要下雨的午後？

母親後來就哭了。在港町邊的防波堤上。我注視著遠處將亮未亮的燈塔，陣雨細密地下了下來。夏秋之際的雨，顯得既輕且重，像是羽毛，又像是鐵，打在臉上針扎般疼痛。一千公斤的羽毛和一千公斤的鐵究竟孰輕孰重？小學時代的我，老是回答不出這樣的問題。

「好想、好想跳下去啊。」望著大海的母親，忽然這樣回頭對我笑著說。母親臉頰上有一道筆直的淚痕，像是羽毛根管般地，往下延伸到頸部，彷彿有著骨頭的質感。

「跳下去的話，要做什麼呢？」我歪著頭問。

「跳下去的話，就可以變成魚哪。變成可以游到很遠很遠的地方去的魚。」母親微笑著說。

「那麼，我也要一起去。」我點點頭。

港町的傍晚，漁船回港的螺聲在雨中曚曨地暈散，糊成一團。綠色的燈塔後來究竟有沒有亮？已經記不清了。但是，很多年以後，每當想起那天的事時，心裡總是浮現出這樣的聲音：

「那一天，媽媽是想帶我一起去死的吧。」

※

我成為一個寫作的人這件事，和喜愛讀書、想成為作家、記錄旅行抑或瀏覽風景……這個世界的一切一切，都完全沒有關係。對我而言，這個世界的一切根本不能和寫作這件事放在同一個秤桿上，它們是完全不同的兩種砝碼。要說唯一有關的話，那一定是魚怪。是那像是納西瑟斯水中倒影般的魚怪，沿著夢境的礁岩，游到我的枕邊，濕淋淋地爬上岸來；邊擺動著淌水的尾鰭，邊搖晃我的手臂，用那不像是人類的聲音呼喚著我：醒來吧。醒來吧。

醒來以後，突然，像是附魔一般地，不得不拿起筆來了。

夢中的場景歷歷在目。有時像是塵埃一般，輕輕一吹就會四處飄散。我護持著那掌心裡的沙，謹慎翼翼。十幾歲的時候，每次提起筆來，總是去到一條無人的街町，通往港口，挽著髮髻的女子要走到港邊，跟海魚見面。

A在放課後的無人教室裡問我：為什麼你的每篇小說裡，女人總是去了海邊？

大概，是想見面吧。想和那像是使者般的海魚見面。我總是邊看著窗外，邊漫不經心地回答著。九月甫開學不久的秋天傍晚，海上仍有颱風的消息，雨卻已經密密地下下來了。空氣裡有一種蚯蚓的味道。我想起平原上遍地斷尾求生的蚯蚓整片整片地蠕動著，蜷成夜晚的圓圈。

漩渦逼近了。

「總覺得，這樣不停地重複著同一個場景的時候，像要逼那女人去跳海似地。」A沉靜地說著。

「而且，海魚總是令人害怕的樣子。雖然，是一直沒有等待到的海魚，但是……長相非常可怕，頭上有瘤，鱗片都血紅血紅地剝落著……」

A與我在教室裡等待著傍晚五點鐘的校車。我們都是遠途鄉下到城市通車上課的孩子。A住在更北的地方，我住在省道往南約二十公里處。A說，十五歲以前，她從來沒有看過海。

「所以，也無法想像海魚。」A說。

我與A常常一起在等待校車的一個小時裡，在學校的各個角落裡進行著只有我們自己知道的探險；譬如飄蕩著鬼火的生物教室，人體標本站起來行走的保健中心，牆壁裡埋有骸骨的圖書室。

「知道嗎？于斌樓的電梯上到六樓，門一打開，就是一排鐵柵，鐵柵的後方，有像是教堂的場所，傳來祈禱聲；但是，不能靠近。」

「騙人。」我總是反駁著A。「于斌樓的上方根本什麼也沒有。」

教會中學的學生都是良好家庭出身的孩子。我與A是班上唯一沒有學過鋼琴、通訊錄上寫著彷彿外國字般、沒有人知道在哪裡的地址。每次翻開通訊錄，總覺得那兩個地方好像被罩上了兩道陰影似地。如果以組合來看的話那真的是相當寂寞的組合，彷彿只是因為欠缺而相互依偎在一起的樣子。但是，我與A都知道，不是這麼一回事。

在這所中學裡，別人與別人的交往，是圓與圓之間的靠近。無論再怎麼接近彼此，也只能像是兩個車輪互相傾軋、最終還是將會被彼此轉動時所刮起的離心力拋開；但是，我們是不同的；我與A，就像一個圓裡都各自被拿去了一塊缺角的兩人，打從一開始就是空缺使我們存在，因此，我們只會更加緊密地咬合著彼此，像是裂縫卡住裂縫。

也因此，只要有一方被絆倒，另一方就會連帶地被拖倒，像是齒輪的輪送帶咬囓糾結住齒輪，誰也動不了。

漩渦靠得更近。

「畢業以後，還會跟我聯絡嗎？」有時，A會小聲地問著這樣的話。

「嗯。」我沒有說會，也沒有說不會。因為忽然感覺到烏雲從海上漸漸靠近。

雨下下來了。走廊上洗手台的水龍頭，滴著水滴，發出細微的聲響。放課後稀疏的校園裡，濕漉漉的籃球場上，白線被洗得好清晰。不開燈的教室有一種石穴般的氣息，我們小丑魚般地安靜棲息在石頭與石頭的縫隙裡。

畢業後終究與A失散了。就像許多故事的結尾一樣，A像是沙粒般埋葬進我年少掌心的傷口，長出皮來，A成為我皮膚裡半透明的一顆化石，成為我永遠攜帶在掌中的痣。

「很想、很想也看一看，那個女人所看過的海啊。」在陰霾的教室裡，A微笑地這樣跟我說：

「想知道海魚到底會不會來。」

有一個秋天的星期天午後，我真的帶A到那個港口。A穿著與平日不同的輕便襯衫，搭著長途客運搖晃地來到午後的港町，我在家附近的站牌下跟她揮揮手。

秋天的港口風很大，使我們不得不拉攏了衣領，匍匐前進。越過了傾斜的坡道，我指給A看：那是海——

A輕呼：啊——

那個下午，海魚並沒有來。燈塔像廢墟一樣地亮著。海潮的聲音隨著天黑愈來愈大。我們在防波堤上坐了下來。

「那裡——」她指著遙遠處、剩下一條眼縫般的海平線，說：「是什麼地方呢？」

「不知道。」我的聲音在逆風裡彷彿一口一口被風吃掉。聲音永遠觸及不到耳朵。

「變成魚了就知道了吧。」忽然，無意識地說出這樣的話時，那不可思議的、想哭的感覺瞬間傾湧了上來。彷彿在天黑下去的礁岩上，又看見年輕的母親，和小學時代的我。礁岩上的我穿著紅色洋裝。母親也撐著紅傘。風一吹，我們的裙襬就大紅花開般地在風中飛揚。

像夢一樣。

天黑下來了。

「真的會跳下去嗎？小說裡的那個女人。」A的眼神注視著遙遠的地方。遠方，那像是空無一物、卻又閃爍著燒灼火光的海面。

「要是海魚一直沒有來，該怎麼辦呢？」

※

A一定不能理解，多年以後的我，即使在書寫其他的任何一點什麼時，心中的坡道，跳海的女人還是每日搖晃地來到，干擾著句子的成型。

漸漸地，為了阻擋這影像聲波一般的干擾，手中的筆成為了武器。我日夜將它抱持在胸口。變成一種防衛姿態。

母親與父親不快樂的婚姻苟延殘喘地維繫著。有時像是藤蔓般地對我伸展過來，我舉起手中的武器向它揮斬過去，它們傑克魔豆般的根莖攔腰斷裂；然而，就像水溝裡被切斷了尾巴還會再長出來的腔腸動物一般，它們總是很快長出頭來。

有時，我因感覺被那雙紅色眼睛銳利地注視，而有一種原初的懼怕從鼻腔中樞蔓延開來。那像是溝道裡殘生下來的母親，漸漸在日常裡衰老下去，並且，用一種乞討的眼神從背後向我索取積欠；彷彿，今日我用以呼吸的一切肉體、器官、面世之臉，全都是從那斷裂處所衍生出來的一部分。在伸手不見五指的黑暗裡，聽見從母親那裡傳來這樣的聲音：

「你不過是海魚變成的怪物罷了。」

我掩住雙耳，在夢裡蹲伏了下來。

夢中，我在稿紙上一畝越過一畝，我逃避著什麼，我拒絕了什麼，到後來，什麼也不能拒絕的時候，我把筆一根一根插立起來。

港口裡的人都圍過來看，發出指點的笑聲。

捕到海魚了。捕到海魚了。他們大聲朗笑起來。我覺得好羞恥，因此什麼辦法也沒有地啜泣了起來。在那樣的夢裡，我總是一直在哭泣。

醒來的白晝空洞恆常。港町、秋天，還有那個中學裡寂寞而陳舊的第八堂課，以及那個落雨的午後，我與A的白色制服，全都魔法般地消失了。

白晝裡，我在離那港町極遠極遠的時空，母親與A，皆消逝無蹤。海魚不曾來。跳海的女人不曾來。我只有這遠方陌生房間裡一面空白的牆壁。像是醒來在一個全新的子宮。

閣樓上的瘋女人

離家太久，南方老家的房子裡，那個自我少女時代即與妹妹共用的房間早已成為了倉庫。堆滿衣物、舊書與廢紙。牆上海報裡的堂本剛約莫還維持著十五歲的樣子，只是鋪灑其上的塵埃是厚重了。我依稀記得那是日本偶像劇場伴隨著第四台剛進入台灣的時代，那年我剛進中學，在夜間重播時段的衛視中文台看到了此生的第一部日劇《人間失格》。我還記得白制服的堂本剛留著那時所有中學男生都會有的分邊髮型。好像飾演一個新來轉學生的樣子。我已經忘了大部分的劇情。只記得電視裡的進度每天都會有人死掉。野島伸司的劇本不知怎地總跟幻滅有關，好像少年總是活不到長大的樣子。十數年後回到這個房間，海報上的人如今已不知被喧囂的韓流排擠到這個時代衛星愈發頻繁的哪一個角落去了。日光退隱，房間暗了下來。黃昏光線裡的河流漂浮著塵埃的粒子。彷彿定格。只是停格的瞬間與時刻，卻無論怎樣也想不起來了。

我羨慕且驚訝著在城市裡長大的朋友們，總有一個自己的房間可以回去。且那些房間都是線狀般的存在跟著他們俱進長大與變老，彷彿擁有他們肉體的某一部分。我在這個城市年年遭遇的不同房子卻老是像初識的朋友般地擁有他們各自的脾性與年齡。需要相處，而且極難規馴。我所住過的最久房間是木柵河堤旁一間老舊公寓裡的小套房，陽台外推，有很小的落地窗，面對著夜間燈火流離的河岸。房間在整層公寓隔間的最底部，必須穿越彎曲的走廊。每次抵達走廊盡頭的深綠色銅門時，都有一種被摺疊進整個房子背面的錯覺。我一直住在那個房間裡，度過了幾個冬天與夏天。那是碩士班後期寫論文的時間，那幾年的冬天不知怎地非常寒冷。我在城市裡僅有的少數幾個朋友終於冰山般地各自漂浮開來，回到他們應有的星體軌道去。生活忽然就只跟自己有關。我每日睡及下午四點鐘那種整個房間都被黃昏的光漫漶成紅色的時間，在陽台對河刷洗牙齒。在風線持平的夏日夜晚踩踏單車，沿著堤防去到一個不遠的夜間超市，買回蔬果與飲用水。那個房間在記憶裡就一直是那種晚霞的紅與午夜的藍，還有夜晚河面燈色的暈眩與晃蕩。我曾想過接下來的一生都要住在那個房間裡，過這樣的生活。我曾經告訴過一個匈牙利的朋友說我覺得此生我都不會再有新的朋友。匈牙利人用詰屈聱牙的中文困惑地問我：

「你不想再交新朋友嗎？」

「不是那樣的意思。」我說。

我其實不知道該怎麼讓她明白。關於我覺得我不會再需要更多。懸崖過去了就什麼也沒有。我在這個城市裡住過的每個房間都像在崖邊搭起的小屋。左腳一步是墜落，另一步是存活。那幾年不知怎地九〇年代的作家群全都死盡了。死訊傳來像是宇宙某處發來的訊號。我像在一條跡線模糊的邊界上生活。生活，大量且均質地生活，有時像是大量且均質地死。那是一個五坪左右的狹小房間。擁有這個城市成千上萬小套房們的所有機能，包括睡眠梳洗與便溺。我日日買回速食店的便當吃盡，再一包一包將它們擠壓進垃圾袋裡全數丟棄，紙盒湯汁在半透明的塑膠袋裡發出窸窣的聲響，我忽然就想起了小時候母親告訴我關於她一生想做的唯一的事，就是待在一個自己的房間裡獨自老去，誰也不來打擾。

母親不是吳爾芙那種女性主義的知識分子，只是鄉下老家僅念過中學的尋常婦人。從我有記憶起，童年時代的母親總是在買完菜後的上午十點鐘左右，在不開燈的房間裡戴起眼鏡看租來的錄影帶。那是錄影帶店林立的八〇年代末。忘了到底解嚴了沒有。這裡畢竟是離城市很遠的地方，連國家也沒有。母親總是在買菜途中帶我繞進鎮上街道旁的錄影帶店，挑選她喜愛的美國影片。有時我會被允許租回一捲《大雄的魔界大冒險》。上午十點鐘的房子非常安靜。所有人都出門去了。我和母親一起躲進那陰涼的房間被褥裡，看電視燈管裡晃盪的影像，反照掠過母親的臉上，一條一條的螢光。影片裡總有一片美國西部杳無人跡的沙漠，一部老舊的車，和一條永無止盡的黃色公路。我不知道這是否是地球上的某個地方，抑或只是電影裡一個被搭建出來的場景，童年的我非常困惑。我轉頭看一旁的母親，她非常專注地凝視著電視螢幕。房間暗了下來，空氣裡有一種微雨的氣息，在母親黑暗的房間裡，我忽然覺得上午十點鐘的這個房子好像長出了細微的汗毛似地，愈發地豎立了起來。

獨居數年以後，有時我會想起那些童年的上午時光。想起那個白日裡陰暗的房間，簡直像是凝聚了所有正午的黑暗般地，懸掛在指針抵達十二以前的刻度上。童年時的我總不明白母親為什麼總要在那個房間裡，重複地看租來的電影。那些電影裡的人都是遙遠國家的某個遙遠城市，擁有著金色的毛髮，與玻璃彈珠般的藍綠眼珠。那些流轉的外國話語像鳥的羽毛啪嚓啪嚓地掉落在房間。你簡直以為它們都只是一個音節那樣毫無意義，敲擊拍打在耳膜上，像雨，又像是鼓點掉落。在二十六歲的某個午睡房間裡醒來時，我忽然想起那些影帶膠捲裡的話語。並且想到那些話語在那個時候都還沒有變成語言，甚至根本還沒被理解為「外國話」；它們只是許多許多的聲音。

許多許多的聲音。有時家具會在夜裡發出聲音。書櫃裡書頁與書頁彼此咬嚙的聲音。午夜的洗手槽裡一顆水滴掉落的聲音。我知道這些家具會在夜晚我睡去的時候紛紛甦醒過來，伸展枝椏，穿鞋行走，腳尖踩踏地板窸窸窣窣，整個夜晚都會有沙沙的聲響。房間裡空無一人，因為不開燈的緣故，有時連自己的輪廓也把握不住。我承認那種時刻裡的我有點憎恨母親，關於我將終生居住在一個空無一人的房間，以及伴隨著這種預感而來的宿命。閣樓上的瘋女人。我感覺是母親在我十歲那年的某個上午就一直將我放置在那個只有一架電視機與錄放影機的房間，讓我在那裡持續地變大膨脹衰老，將童年的皮囊一件一件脫掉。我憎恨著母親像天氣一樣地自童年時代的某一天起便以那房間的某種意象籠罩了我。像一個預言，攸關命運，且無法違抗。而所謂的命運，是沒有幸與不幸的。這個房間本身，就是我的命運。我感到如此地幸福，同時又感到莫名的不幸，意識到這一點的時候我忽然明白，並不是不幸讓我憎恨起母親；而是那幾乎占據了這整個巢穴房間的幸福，讓我對母親懷抱起憎恨。

我想起童年時我與妹妹共用的房間就在母親房間的隔壁，隔著一面木造的牆。牆壁與天花板之間不知為何沒有封死，留下了一道窄窄的縫隙。剛好是十歲左右的小孩能通過的距離。小學以後的某些下午，我總會為了逃避無聊的午睡，爬上牆邊的書櫃，從書櫃的頂部攀上木牆與天花板間的縫隙，從那裡跳進隔壁的母親的房間。

那是母親進行裁縫工作的尋常午間，妹妹睡了，整個二樓像掏空的巢穴，一點聲音也沒有。木板隔間的牆壁微微地震顫，層板與層板間發出極細微的嗡嗡聲。從地板的盡頭那裡，傳來樓下客廳裁縫車嗶嘰嗶嘰的聲響；忽遠忽近間，我突然分辨不出母親究竟在不在這個房子裡了。好像那車線壓過布匹的聲響只是一個來自遙遠谷地的空洞回音；我環顧四周，像一個初次到訪的孩子，好奇地翻開房間裡的櫥櫃。櫥櫃裡有母親的口紅與戒指，還有一本厚厚的家庭相簿。我很無聊地將它們打開又闔上。相簿裡的臉像剪碎的五官般載沉載浮，畫出來似地。我將母親的口紅塗在嘴上，披起棉被走來走去，像所有電視劇本裡的小孩會做的那樣。

然後，在床頭櫃的棉被深處，看到了咖啡色皮製封面的筆記簿。

那是母親的字跡第一次以如此龐大數量的規模映入我的眼中。我甚至不知道母親竟然會寫這麼多的字。深藍色墨水筆，碩大、粗重、像是骨骼，又像是骨骼長出了肉。墨漬沾染得到處都是。我想起父親離家的那幾年，有好幾次母親非常神秘地跟我說：我要給你看一本東西，那是我的日記。那時的我腦中首先想起的是那自白日起即已陰暗下去的房間，想到電視裡映像管沙沙作響的聲音，母親是在那樣的房間裡，提筆寫起這樣的日記嗎？我沒有告訴母親，早在童年時代的她的房間裡，我就已經偷偷讀過了；我讀到母親懷我的時候，因為是她與父親的第一個孩子，「孩子生下來長得好白，好像不是我自己親生的。」

類似這樣怵目驚心的話語。童年時的我不明白那是什麼意思。那時母親總愛開這樣的玩笑：「你長得一點都不像我生的，像是後面眷村抱回來的外省囝仔。」我從小皮膚就白，母親很黑。母親且愛開玩笑地說：「像我這樣又黑又醜的女人，配不上你爸。」父親跟我一樣，屬於怎樣也曬不黑的白皮肉底。母親對著深夜喝酒應酬回來的父親，總尖酸冷淡地噥上一兩句話，說他上輩子一定是「菜店查某」。

菜店查某。閣樓上的瘋女人。下午的時間結束了。從一樓的地板那裡，傳來車線壓過布匹的嗶嘰嗶嘰聲響。一畝車過一畝。妹妹還在隔壁房間酣睡。十歲時的我想著，必須要叫她起床，讓她看看我在母親的房間裡找到的這本書。我要指給她看：媽媽原本是要打掉你的。因為你是意外生下來的孩子。你看，這不是全都寫在這裡了？

月亮一宮人

那些年，不知為何那樣恨著母親，為著自己也不知道的理由，一小點一小點在心裡恨著。恨到了盡頭，母親的臉在腦海裡突然變得很模糊。母親的笑像愛麗絲夢遊仙境裡的貓，五官被擦淡在淺淺的夢裡，剩下倒掛的三角形。是因為母親嗎？如果是，為什麼會恨一張連五官都記不起的臉？還是因為搬進了那個房間？那個冬天地窖裡冥王星般的房間，像巢穴，又像是一個黑洞，灌注滿有毒的奶水。克莉斯蒂娃說母親我是你的嘔吐物。你生下了我就吐出了我。是遺棄的動作？被嘔吐的感覺？還是恨的其實是那只生我的子宮？

恨意失去了對象物，終究反向回到了自己。於是太宰說：生而為人，我很抱歉。

真真正正讀完了《人間失格》，已經是研究所的事了。大學時何止人間失格，連遺書蒙馬特也讀了又讀幾遍放下再讀，帶著具挑戰性意味的頹唐與挫敗。那個年代，文學院裡誰不讀一點顧城邱妙津？一起住宿的女同學T走過來說：我好愛她，愛鱷魚一樣的她，像愛著鱷魚一樣的自己。T說得耽溺沉醉，像說的其實是自己。翻開蒙馬特第一頁，開頭幾句寫著：「……我所唯一完全獻身的那個人背棄了我，她的名字叫絮……我日日夜夜止不住地悲傷，不是為了世間的錯誤，不是為了身體的殘敗病痛，而是為了心靈脆弱性及它所承受的傷害……」

太激烈的字，句句都像哭聲。在十八歲的縱谷平原上空蕩來去，像是鬼魂。十八歲的我想過關於背棄嗎？想過在遙遠的以後被一個人那樣深地進入與粗糙地丟棄、出出入入如入無人之境？她怎麼能夠？怎麼能夠忍受他者如此堂而皇之？乞憐難道不可恥嗎？暴露自己難道不可恥嗎？想要要不到，還那樣堅硬地伸手去要，難道不可恥嗎？

T說，那是因為你是個無比驕傲之人。驕傲到無法忍受被傷害。

T某部分說對了。甚至說得超出了太多。那幾年父親失了蹤，母親老是哭著，吃名字很長的英文藥錠。有幾次打電話來跟我說，家裡的電話號碼不要再打了。我問她為什麼，母親遂氣球被針尖刺破般地哭了起來，說那些人一直一直打電話來電話鈴聲一直一直整夜整夜的響。母親接著又哭著說了：對不起啊真是對不起，不應該把你生下來，該讓你去做別人家的小孩……

這些話語從母親的口中說出，有一度使我覺得驚恐且害怕。害怕什麼？害怕那蕪雜蔓長的、像罪一樣的愛？那個驕傲的母親，從小學一年級的入學第一天，蹲下來幫我整理好制服的領子，隨即以成人方式訓導女兒的母親——以後你要進入群體的世界了。那是一個非常危險的地方。你會遇到敵人，也會遇到朋友。有人要來靠近你，不要輕易把心交出去……。我且還記得母親不止一次極為嚴厲地告誡我：如果有人拿錢要你去福利社幫忙買東西，絕對不可以去；「久了你就會被人看不起。」

長大以後的很長一段時間，我非常不能理解母親那時對我說的話。童年的越區就讀，孤獨的學校生活，我總是和群體保持得若即若離。包括寫作。那些自小學時代開始、隨堂測驗紙上一則又一則虛構的故事。我把母親的這些話語視作是我與世界鴻溝的肇端，和她吵架時我也強勢脾性地回應回去：你要的那些自尊不過都是自卑罷。

一直要到那通電話，我才明白，母親是如何用她的命運在跟我示範她的訓誡。是因為命運終究凌駕在我們之上吧。所以那從前被我極端抗拒的話語，其實是生我者關於我的預言。生我者因我而負罪，我的存在，究竟算得上是什麼呢？是一個指責嗎？那麼，指責我的，又是誰的手指？人間失格。太宰最初也最終的探問。而這一切情緒債務的加減總計最後竟變成了驕傲。兜了一圈又轉回到母親來了：不要輕易把心交出去。字字寫在我幼時擦得極亮極亮的心上，像一個錦囊。不到危險的時候千萬不要打開。走路的時候、騎車上課的時候、在黑暗的偌大校園裡來去穿梭的時候、聽別人說話的時候……手心握著一顆砝碼，沉甸甸地，T問我手為什麼握得這樣緊呢？是不是有什麼重要的躺在手心？

T不明白那手裡握著的僅僅只是我的重量，如同她不明白那根本不是什麼驕傲。一如我從來也不明白T。T站在文學院的夜色裡，問我要不要來看電影。禮拜四的電影社，我還記得第一次踏入播的就是《迷情花園》。關於鬼魂。關於換取。離家的同性戀少年換了一副身體回到家鄉來。影片的最後才揭曉：原來少年早在離家之前就死掉了。所以影片的後半只是一個夢。關於全新。關於重來。但如果它只是一個夢，夢主已死，又是誰作了這樣一個夢呢？那是我們都不識楚浮與高達的年紀。暗黑的電影銀幕上投影機藍而冰冷的光線，斷了氣，四百擊，T的話語影像老跑在意義之前，就像她愛著鱷魚那樣愛著自己。高興時擁抱，流淚時擁抱，T抱了抱我說：你不習慣，對不對。因為你的身體非常僵硬非常冷。所以就非常之陌生。她說。你把你自己放到那個尖點上去了。

電影散場，放映燈熄滅，整個文學院就暗了下來。T說，我不走，我不離開，我要在這裡等愛我的人過來。

那時我們聽張楚。不合時宜的年代。在北京，在天安門。張楚唱孤獨的人是可恥的。在文學院的課上讀到一行：趨之若鶩，就想起了叫做鶩的鳥，夜裡直立著睡眠，把頸子放在另一隻鳥上。我像一隻鶩一樣地走進了二十歲，把尾巴夾在背脊的縫隙裡。斷尾求生。

大學裡誰都拖帶著一個故事。好像每個人的正面只是一塊人形的門板，畫著一些無關緊要的器官。身體打開裡面鑲嵌了房間。T說佈置吧佈置。總有一天有人進來。卡門般的血色房間。T說得那樣用力，像整個身體都在往下扎根。四個角釘得房間都疼痛了起來。感覺到存在了嗎？真的感覺到了嗎？還是感覺到的是痛？痛是存在嗎？鋼琴教師的最後一幕，她把玻璃插進下體裡去了。

沒有對T問出口的話，因為花蓮谷地的夜色空寂靜闃得像整片土地都不存在。山為什麼那樣近？夜色裡站得像巨人一樣高。樹為什麼那樣黑？每條枝椏都像手指。地平線為什麼推得那樣遠？一條線過去了還有一條線。這一切是真的嗎？還是假的呢？如果這些是真的，那麼山的另一邊，那些高樓市鎮、人情親故，莫不才是照著劇本演出的假戲吧。與T走了又走，終究走到散掉。我無熱無冷無溫無涼，既不上社團，也不愛小資文青聚集起來講評藝術。那時電影社裡還有W。電影散場後W走很長的一段夜路來敲我的門。奧修禪卡抽出來是一個空字。整面漆黑的牌面。W說啊這就是你了。你知道嗎？你有時像個容器。什麼都裝得下。我說我知道啊有時我感覺自己是只袋子。全有的極大值就趨近於全無。韓柳文的課上，〈蝜蝂傳〉是怎麼說的？蝜蝂者，善負小蟲也，行遇物，輒持取，一件一件丟到背上去。柳宗元說：這是世之嗜取者。柳宗元又說：那小蟲最後被背上的東西壓死了。

W像個巫者一樣，嘻笑解牌，且諳命理星盤。盤一開像賭局一樣。W說你金水合相，坐七望四。土冥天底，居所隱蔽。凱龍坐天頂，必是十宮受刑傷。W又說了：四飛七，七飛四，循環往復；且還有命主；命主命宮坐月亮。啊。你是個瓶子。搖一搖瓶裡的月亮就晃了。

W一定不會知道，離開了這個房間，很多年以後，在另一個城市的地下室房間，我晝伏夜出且不喜光線，房間裡只有一盞極小的昏黃燈光。W來找我，我們圍著月光般的燈火談起那些黃道十二宮的坐落與位置。W說你怎麼有本事把住過的每個房間都搞成洞穴。我們在夜裡趿著拖鞋到街上去，踩得空蕩蕩的街道叩隆叩隆作響。夏夜裡的學校附近又空無一人了。只有路口的便利商店招牌，在夜裡亮著霓虹色的光。W說真是寂寞啊走到哪裡都是。一個城市住過了一個城市，連海也退盡了以後，只有月亮一路踉蹌地跟上。

W坐長長的淡水線。從關渡到公館，236轉到底，爬一段傾斜的坡道抵達我。那些遠從花蓮通勤上學、並且頑強抵抗堅持一輩子住在大學時代各自房間的夢想，終究只是話語。充其量的孩子氣。我與W都有各自的課在城市的南端與北端。多山的學院總是令人疲倦，常常爬著爬著就讓人動起了放棄的念頭。有一個冬天W一直與我共同待在那個地下室房間裡，度過鼴鼠般的寒冬。我想起童年時母親買給我的童話故事，拇指姑娘被鼴鼠太太救回地道裡，並且在那潮濕陰暗的地道度過了整整一個冬季。我指給W：你看，你就是拇指姑娘。而我是終年居住在地底洞穴的鼴鼠太太。W說我哪裡是。我其實是個玻璃娃娃。W比著托捧的手勢：要人這樣。

我們關燈徹夜談話。床上床下各蓋一條薄毯地談起了大學的生活。好奇怪從來沒有這樣地談過。我們將一個又一個事件立方體那樣地用話語捧了起來，然後再從每個立面以語言包剿它；我們非常認真地談起了那些立面的細節與紋路，彷彿那事件本身就是那樣具金屬或木材質感的東西；我們談起外環道傾斜的夜晚，志學街的馬路，談起東苑到蓮三的小路，還有那些沿途流浪的狗。我們談起那個空蕩的草原，黑暗的文學院，電影社的夜晚徹夜播放的塔可夫斯基；談起十八歲那年的大一時代，談起我的生日……

談得更多，溢出了話語的邊界。我與W遂都感到失禮了。樹上的洞，遠在遠遠的山丘之外。國王的耳朵是驢耳朵。有時我會說起那不知為何開始的、沒有線頭的故事：（我十二歲那年，媽媽天天要我穿她的衣服去學校上課……）又或者：（你記不記得，腦海裡第一次出現自己的聲音，是在幾歲的下午？）

海水。沙灘。睡眠的燈塔。蹺古詩課去的北濱海岸。午後的長浪帶來了歸港的船。我們徹夜談論著各種回憶。關於寫作。關於童年。還有那些不被愛的事。有一年夏天我走了很遠的路，去到一個叫做和平的小站，在那裡哭泣了整整一個下午。一個下午的海水都退盡了以後，什麼人也沒有走過來。只有海。海的聲音，隨著潮的退落漸漸遠去。後來我非常寂寞地再搭了平快車回來，回到我九號公路旁的房子，真真正正感到疲倦了起來，並且發誓再也不要出發去任何地方旅行。因為真的有一個人會永遠地愛我嗎？忘記了是我還是W這樣問了：真的有一個人會永遠地愛我？忽然間我想起母親的臉。真對不起，真不應該把你生下來。我所面對的，何嘗只是一個世界？一整個世界都是母親的歉意。啊，真的有一個人會永遠地愛我？像母親一樣地愛著我？

　而遺書終究是讀不完的。我將它夾放在書櫃的一側，跟著我大學時代的幾次搬遷，顛沛流離，每搬一個新住所，從紙箱裡拿出，總有年輕的邱側臉看著。那刷白洗色充滿暗影的側臉，躲在細框眼鏡的後面，像在凝視，又像什麼也沒看見。我們相安無事地度過了很長一段時間。年輕的歲月，以為不看就不見的事物，還有很多。搬到台北後的第二年，有一天在書店終於翻開了鱷魚。開頭第一段就是水伶；水伶坐在新生南路的麵包店長椅上。搭52號公車。在書店闔上書，走出的正是新生南路。揮揮手。52號公車沒有停留下來。它離開了。我有我自己的公車號碼需要等待。

白菊花之死

記不清年少時為什麼總愛去那條街，與什麼人一起，過什麼樣的夜晚，彷彿夢遊。街道兩旁的幾幢咖啡店家來了又去，河面流光似地，有時也分不清是倒影或夢。只記得台大對面誠品旁涼圓攤的小巷鑽入，窄而低矮的房子，幾間大陸書店之類的物事。你有幾本簡體版的傅柯都是在這裡參差地買下。性史。古典時期瘋狂史。規訓與懲罰。再遠一些便是布朗修。尤利西斯之海。逼近彼時你所想像的外邊。可你連這座城市的外邊都去不了。公車轉了又轉又被骰子般轉回溫州街。迷宮般的巷弄，從哪一條開始都令人困惑。抵達了嗎？還沒有。真的抵達了嗎？彷彿你是鐘面的針擺。要去的地方再也不是一個地方，而是一刻。一個定點。一段極小極小的刻度。某個時間。抵達了嗎？再轉一條巷子，隱密的地下室書店，透上來昏暗與霉濕的氣息。通往地底的樓梯兩側貼滿過期海報，海報上的演劇與講座你一次也沒有參加過。就像幾年以前，O告訴過你她在這裡打工。你並不很驚訝的樣子。更多的可能是並不關心。你哪有力氣從井底爬出去關心另一個倖存者？

那時你剛從東部的大學畢業，進到這城念研究所。匆促找下的租屋處在離學校不遠的斜坡地下室，無論白天夜晚都伸手不見五指。無時間感。徹底地被時間的刻度放逐與驅離。它告訴你：你不屬於這裡。而且你是再也再也不屬於這裡。那麼，這裡究竟是哪裡呢？回想起來，那簡直是強光般被曝曬的痕跡，整片的反白，照得你影像模糊，魂飛魄散。可怕的碩班時期簡直是白堊紀。你的史前生活有時是你的死後生活。三葉蟲。某些事物已然死去，而你還沒死，你的意識還在存活與說話；我思故我在，但如果我不思呢？我能不能用我的不思去抵抗在？那個時期，你經常搞不清關於存有的順序、位置，與邏輯。像一架高速運轉終至燒壞衰弱的機器，一個印子一個印子地搥打在**我**之上，將**我**壓得極扁極長。那樣的時期，你根本記不得原來與O有過那樣在同一個時間點交會於同一城市的時期。你找過O嗎？在此城碰過面嗎？親切且誠懇地與她談過話嗎？即便只是有禮且距離地，都不記得了。努力回想只記起O告訴過你的：那是一間沒有廁所的書店。每次上班都得要爬上地面去街上借方便。O說得舉重若輕，帶有故意的輕狎，到底也是不重要的事。你的其他朋友從來不會這樣去談那家書店。沒有，只有O。O總是帶著迴避的姿態將那些抽象事物從上層抓扯下來，將溺之人之姿，有時你恍惚覺得那是恨意嗎？然後在你還來不及反應時，倏地從最現實的淵藪中突地拔高（「欸，你知道嗎？我哥自殺了……」），刺得你來不及閃躲。你知道O又試圖想讓空氣變得輕鬆了。你們在一個被擦得極淡極淡的平日裡，極淡極淡地聚首，簡直是影子都被擦拭過般地。那樣做的緣故是因為你蒙塵了，而O也是。新生南路午後隨便的一個路邊咖啡座，夏日裡的沙塵灰撲揚起，你們像兩架擱淺的老車並駕深陷在沙坑裡，雨刷喀啦喀啦地拖著擋風玻璃。你記得你最後跟O冷淡地說：很久以前就髒掉了。

O終究是離開了那家沒有廁所的書店。如你所料。沒有可惜也沒有不可惜。城裡的友人又少一個，但那不是最重要的事。你從不跟城裡的友人主動聯繫。而O也是。你很明白你們其實處在一條繩索的兩種極端，你極抽象她極現實，龐大的現實，有時讓你的驕傲感到羞恥。O最常問自己的話：我有什麼資格呢？我有什麼資格？聽在你耳裡像聲聲在逼問你：你有什麼資格呢？你們有那樣類似的物質基礎與感覺結構：一樣偏遠的小鎮、一樣貧瘠的童年、一樣不識文學為何物的勞動父母……還有一樣荒涼不被愛的感覺。O說：我要。要得那麼用力，那麼敢。老是令你倉皇。但你說：不要。說得那樣決絕。我的需要就是我不需要，你很明白，因為你說不出那句：我有什麼資格呢？

寫作的資格。近似底線。你所有書寫起步的猶疑、遲緩和踱步。一切是怎麼開始的？一張小桌，一個尋常的夜晚，你背對著整個晚餐後的日光燈管在桌上塗抹些什麼。小學裡新學的字，拼拼湊湊就疊成了一個詞，積木般地。這是鳥。這是烏鴉。顧城說的：中午。顧城又說：樹冠的年齡。你很快樂，同時又為這種快樂而感到一種負罪的感覺。父親正在為什麼事煩惱似地，影子在你背上刷過來又刷過去，羽毛般凌遲的窸窣作響。身後傳來母親啜泣的聲音。那聲音不知怎麼地，像穿透看不見的什麼般傳遞了過來，隔著羊水般的薄膜。你在一個很遠很遠的地方。一個轉身的動作，背過身去，屋裡昏暗的日光燈管曬得你背脊都陰涼了起來。佛洛伊德如是說：如果有的話，書寫的原初場景，最先最先的開始，就是背叛。

逃兵。投敵。背叛。多麼倫理性的語彙。你從某一國度逃開，伊底帕斯預言。奈何書寫動輒得咎，天羅地網，阻礙得你的所有再現都滯步難行。從你有印象之初，舉凡作文、日記、偷偷投稿登報的稿件，被父母看見時你總感到羞恥得要死。不是為著別的，而是純粹的罪。你曾和大學時代共同寫作的友人W說起這個線頭，說你不懂是不是每個寫東西的人都有這樣負荊的一關要過。W笑著搖頭說如果我是你，我只會注意留心背後的聲音，看不見的世界，缺了一塊什麼，又多了一塊什麼，該把什麼地方填起來。所以我是一個耳朵很好的人。W說。縫補與拾遺，你何嘗不懂書寫的姿態，關於技術與技術的養成，總有肇因。W是真真正正與你站在完全不同起點的人，有著完全迥異的品質；好奇，推移，手裡有筆有時像握著一架剷草機，推過的地方就是路徑。小徑芳美，桃李不言，你所豔羨的自由與遼闊。

而O不是。你明白你與O成為朋友，是在什麼樣的基礎下。因為O身上也總有那樣的戰俘氣息。你的大學時代有一半是跟O一起。吃飯一起，上課一起，你不愛女生朋友那種黏膩交心的逛街吃餐情誼，而O也不是。O與你，有時更像是病病地賴著，說話人與樹洞一樣的醫病關係。你們在晚餐後的夏天夜晚遠離宿舍去一個很長的散步，從仰山橋穿越阿勃勒林，再繞過幽黑的文學院，到夜裡的湖邊去。極大極大的校園，常常走著走著路燈就沒了。漆黑裡只聽見水泥路上你與O的拖鞋踢著石子，匡啷匡啷。

那樣年少時代的散步，究竟會終止在什麼樣的地方呢？暗夜行路，整條路的夏夜如水，你與O都交談了什麼？海線的老家、失業的哥哥、堅持要她休學回家的父親……O平淡沙啞地講著，彷彿講的是別人的事。那時的你是個堅硬無比之人，日記裡寫有一行：抒情時代的最終告別，告別什麼呢？或許你原本即是冷淡生疏之人，需要告別的不是別的，只是一個年代，一種年紀，一個少年多愁的自己。你討厭那樣的自己。O講了又講終於停下來，說：你知道我為什麼跟你講這些？你搖頭。因為你從來不會安慰我。O說。

再遠或之後的事，不記得了。屬於O的記憶地壘，兩側因斷層而陷落。它終於在那麼久遠的後來，成為眺望起來那麼尷尬的存在。地壘以外，是無邊塌陷的塹地，像你四顧茫茫的現在，看不見過去也看不見未來。如果不是那樣的一句話，你和O如今還會在一條暗夜的道路上緩步散漫地行走嗎？你記得那時的夜間小徑兩旁總開滿白色的雛菊，再尋常不過的野花草，漫山遍地長了起來。O說這片草的後面有個隱密的湖，誰也不知道它在哪。你說怎麼可能找得到，這麼黑，又這麼大的荒煙校地，況且湖難道是不會飄的？

O呵呵笑了起來。爽朗輕快。飄浪之湖，哪有這樣的事？暗夜裡O領著你撥開長及等身之高的蔓草，踩踏進那看似無路的暗黑叢草，腳邊鞋邊傳來窸窣的聲響，是野菊的莖葉被踩過彎折的聲音。好痛好痛。發出極細極細的聲響。分不清是你還是死去的野菊花。O說這花死了之後就剩下刺。一顆一顆的圓刺，黏在褲管被帶回來。像夢一樣。但不打緊，樓蘭夜雨，最後帶回的也只有夢。你甚至遺忘究竟有沒有找到那個湖了。大霧就這樣從道路的四面八方無聲湧至，瞬間包圍了你。還有O。

霧散的時候，你們會不會再相見碰頭？

愈來愈多的細節，佚失在地塹之中。像霧中只聽得石子聲響，叩隆叩隆。

冬日房間，九號公路，校園裡一座又一座的塔樓，還有那不到高處，總看不見邊界的綿延草叢。你的大學時代。堅硬吧。堅硬。別老像個孩子一樣地哭。變老吧。變老。快快變老。從身體與心都強大起來。此後的將來還有更大的破壞要來。你日夜在讀書寫字的那張矮桌前提醒自己：嘲笑書裡的柔軟與淚吧。米蘭昆德拉。然後笑著把這本書全部忘記。林夕的詞，沒、沒有蠟燭，就不要勉強慶祝。

O說了什麼？你又說了什麼？你們所小心推演的真相，如果有真相的話，可以言說嗎？你步步為營，迂迴繚繞，你希望O也是。在抵達之前，請把我當作一個敵人來對待吧。在那個天光即將昏昧暗去的冬日宿舍，地壘的邊緣，你與O的最後一幕。天光暗去以後，房間一片漆暗。你看見O的嘴唇遲疑吞吐（我可不可以……）。頃刻間再熟悉不過的感覺自頭頂籠罩而下，壓得你的背脊一陣沉沉。你找不到語言給予這種感覺一個名字。你冷淡而承受，並且讓臉孔變得更硬更冰。但你心裡其實炙烈地希望O不要再說了。停止吧。停止。意義追討著語言，再追就要全都壞了。

最後帶回的只有花芯的刺。圓圓幾顆，鬼魅般纏掛在牛仔褲管上，像一枚印記。你離開那個一望無際的暗黑校園，遷徙，工作，唸書。研究所的生活空寂無聊，你一點也不在乎。不是嗎？你早已精密地計算過這一天的到來。你鍛鍊意志與心靈，過著贖罪般的修道院生活。絕情棄愛。那些讓人苦痛悲傷的情緒，那些拔高的尖銳與音頻，你在這偌大的繁華城裡搬過幾個地方，一路愈搬愈將那些細瑣抖落在路上。走吧，走吧，如同你年輕時的願望，走到一個沒有人認得你的地方。十年過去，你倏地清醒，在新搬好的夜半房間裡，被夢驚擾。房間裡的家具物事在黑暗中漸次清晰了起來。你雙手環抱著自己，驀地驚覺，真真正正是一個人也沒有跟上來了。

唯有夢。夢魔日日纏繞在白日與黑夜的耽睡之中，帶你雲淡風輕地回去那個谷地。花蓮谷裡的夏日悠長，野菊花開得瘋狂而激張，像那個時期的某種標記與顏色。夢裡你在四下搜尋著什麼，卻無論如何也找不出來了。夢之將醒。夢裡的你猶有預感，愈發焦急而騷亂了起來。來不及了。誰來幫我找找看。它在這裡。它真的就在這裡。你想呼喊，然而空谷回音，整個縱谷山壁驀地朝你夾擠壓迫了過來。你感到恐怖，同時又感到一種不甘的委屈。醒來時天濛濛地亮了，枕上臉上濕了整片，分不清是淚還是汗。不，怎麼可能是淚或汗。你已如此誓言，你已如此誓言要永保此生乾燥，麗如夏花；你已如此誓言要以之抗拒匱欠與失去。整條整條的夏夜如水，就像當年。你只是淋漓地上岸。

白馬走過天亮

民國一百年許多人都結婚了，包括怎樣也想不到的劉若英。我曾經不止一次聽過身旁的同志友人們說唯一可能結婚的女性對象就是劉若英，「大概是因為她看起來非常淡薄的樣子吧。」我對劉的印象一直停留在國中時代的〈為愛癡狂〉，土黃色墊肩大夾克的她在MV裡徹徹底底地燒了一把吉他。我還記得那是第四台剛開始普遍的時代，有一個頻道從半夜三、四點開始就會陰魂不散地輪播著每天幾乎一模一樣的MV清單，沒有主持人也沒有任何旁白。這份清單大概以一個月左右作為週期會定期更新，大約是加入了每月新進榜的歌曲。有段時間，我總是在起床趕第一班公車上學的五點鐘時間，會反覆地聽到這首歌。

回想起來，那真是一段奇異的年少時光。我所住的那個小鎮在離任何學區都遙遠的地方，於是小學一年級起我就學會了在擠滿眾多高年級學生的公車上突圍拉到下車鈴的求生技能。國中以後，母親讓我去上位在市區的教會學校，這個技能的規模於是被擴張到更大。我記得上課的第一天輪到自我介紹，當我說出自己畢業的小學時，台下的一個同學非常認真地說：

「你一定是第一名畢業的吧。」她用很誠懇的語氣對我說：「要不然怎麼可能進我們學校。」

我知道她沒有別的惡意，但這段話裡我只聽到兩個部分：她用「你」來稱呼我，用「我們」來稱呼自己。「我們」當然包括未來的「我」，可是卻無法化解當下的我站在台上的那種困窘。我下意識地抓緊了制服裙子的皺褶，不知道該將自己的手腳擺放在哪裡。下了台以後我發現那裙子變得更皺了，而且沾滿了白色的粉筆灰，後來一整天除了被點名和上廁所的時間以外，我都坐在自己的位子上，一動也不肯動。

對那個學校的人來說，我所來自的地方對他們而言無異是甲仙或都蘭之類的地名。我沒有邀請過任何人來我家，也沒有同學提出過放學後一起去補習班做功課的邀約，整個中學六年，我都過著獨自搭乘公車上下學的生活。從我家到學校的通勤時間大約要花上一小時，公車會從繁燈夜景的城市一路蜿蜒爬上大坪頂，繞過山區而下。我總是無聊地對著窗外刷過的景色發呆。車廂的人漸漸稀少了起來，公車搖搖晃晃地，從城市漸漸駛離，常常一不小心就使人陷入了瞌睡之中。冬天的天色暗得極快，在一本搖著搖著就幾乎要從膝上掉落的英文課本裡醒來時，四周已是荒瘠暗黑的山野。

不知道為什麼，那時的我非常喜歡那樣甦醒的時刻。天花板上老舊的日光燈管白晃晃地，像水族箱般地籠罩著整個車廂。周身稀少的人們看起來都那麼孤獨，一個個散落在藍皮座椅的角落裡；他們有人像是水鳥那樣地垂頭睡著，有人蜷起身體緊挨著鐵皮的車廂耽坐，腳邊堆放著一個好大的旅行袋，他要去什麼地方？要去那裡做些什麼？我想不出這班夜車能抵達一個更黑更暗的地方了。車廂上方懸掛的吊環無聲地擺盪著，像一個隧道般的夢境。窗外大片大片瀑布般的黑色裡連一盞路燈也沒有，只有窗玻璃上倒映出的暗褐色的自己，車子一撞上了窟窿就五官迸散，支離震顫。

若年少時代的某些路徑實則含有某種隱喻，那麼這條隧道般的返家旅程也許便成為了我日後某種抽象道途的原型。長大以後我發現我不能習慣跟人一起回家，即使是順路也不行。我喜歡自己從一個喧鬧的聚會中離開，喜歡和親密的朋友告別後獨自消失在極黑極深的夜色裡。這簡直是一種儀式或姿態，需要一條巷子或一段四站左右的捷運來抵達。抵達自我；自我像是一座空空的井口，井裡什麼也沒有。在那孤獨的距離與風景之中，沿途的灰塵與細瑣皆被滌洗瀝淨，將我清潔地接迎回到自己的房間之中。

那種黑色一直讓我感到非常地安心。我後來就成為一個在那種黑色裡生活的人。寫不出論文的時候任性地不寫，過很長時間日夜顛倒的生活。在半夜三點的廚房裡煮麵條呼嚕地吃完，聽很多電子音樂，一整晚反覆倒帶看電影裡喜歡的片段。衣服與書籍雜亂地散落在地上，它們親密地將我包圍。夜晚裡所有的人都睡眠了，街道空無一人。有時我會拎著鑰匙出門去便利商店，買回蕎麥涼麵與蘋果牛奶。有一次我遇到一個自動門被上鎖的便利商店，我在門下站了好久卻始終等不到它開。後來我隔著玻璃門看見櫃台後的店員在收銀機下方竟打起盹來了。他的睡臉如此安詳簡直他就是這個店裡所有飲料書籍便當酒瓶的一部分。我後退幾步，整個店看起來像是一只玻璃箱子，一個水族箱。我忽然明白他們的關係其實是魚與水蘊草，而我只是一個水蘊草睡眠時作的夢。我是一個拜訪者。

但其實我真的只是夢。十五歲的自己夢見了三十歲，像背起大袋去一個很遠的地方折返回來，我忽然就三十歲了。在三十歲的深夜房間裡，我經常想起十幾歲時的自己，想起那時的冬天清晨是如此地黑暗，我甚至再也不曾遭遇過那樣絕對性的黑。那種黑色只存在於人生的某個時期，像底盤一樣地嵌合著只有那時才能擁有的所有缺口。我想起那時的自己總是摸黑在睡夢的邊境裡醒來，坐在床上安靜地發呆。想起窗外冷空氣的清冽氣味，混雜著夜色即將褪去的某種氣息，潮水般地湧進窗來。我會躡手躡腳地穿越過睡眠的家人們，在不開燈的客廳裡扭開電視頻道，在電視光管的搖晃中，開始做一些刷牙或梳髮之類的窸窣情事。

我想念那樣孤獨的時光，在天色亮起來之前，我在黑暗的客廳沙發上蜷起身體，什麼也沒想地盯著電視螢幕裡流瀉溢出的ＭＶ。那些影像伴隨著電視機裡發散的光暈河流般自我的臉上流過；那些歌曲都極傷感極惆悵極九〇年代。天空。心動。恨情歌。我願意。白天不懂夜的黑。誘惑的街。為你我受冷風吹。聽著聽著就讓人流起淚來。但我其實不知道自己為什麼流淚。也許是年少的敏感與脆弱；也許是天亮的預感伴隨著歌曲的消逝逐漸逼近；也許這客廳裡的黑暗就像光圈般地從頭兜攏包圍了我，世界變得極小極小，只剩下自己和眼前的螢幕。而天亮像一匹白馬從窗外走過，走過以後，家具、牆壁，還有我雙手環抱的自己，便漸漸地在黑暗中清晰了起來。我好像在那些天亮前的歌曲裡抵達了未來的自己，像作了一個三十歲的夢，手指的前端伸得好長好長，幾乎要抓住了什麼，那在夢中被我追捕的物事總是在指尖的前端，一碰到了邊緣就要被遣送回返。

回到哪裡？回到生活，生活裡的我是一個十五歲的孩子，穿起制服搭乘一班清晨的早車去一個遙遠的城市，在耶和華佇立的校園裡讀書。讀很多書。關於地球的傾斜角度與星星排列，等邊三角形的離散傾軋，右心房與上腔大靜脈的路徑圖，中南美洲的氣候與極地所有所有等高線軸。並且從未談過戀愛。每天中午，我總是獨自一個人到圖書館去，不是為了讀書，只是不能習慣中午吃飯的教室氣氛。我厭倦女生班級的午餐時間總是充斥著誰喜歡誰與討厭哪個老師的話題，我討厭那些必須在進食行徑中反向掏出隱私以示交易的活動，而且我無法忍受各種不同的便當菜色混雜飄散在同一空間的雜交氣味。這些都使我感到受傷。午間的圖書館只有一個很老很老的女管理員，她老得好像從有這座圖書館開始她就一直在這裡似地。我穿越她那像是某種高地植物般的存在，在一排一排光影斑駁的書架間遊蕩。午間的百葉窗被陽光吃得一痕一痕，斜斜地曬進幽暗的書庫。很薄很薄的光，攤在地上像水一樣。在那介於光與暗的交界縫隙裡，我發現自己的影子變得非常非常地淡。我忽然理解到，這個中午，這老舊的圖書館再也不會踏進第二個人了，書頁的聲音從牆壁的縫隙裡窸窣地傳來，我覺得自己變成了這個學校裡的鬼魂，在魍魎之間晃蕩。

　　我從索書號800開頭的書架上取下了一本書，根本不認識作者只因為書名叫做《追憶似水年華》，我趴在閱讀桌上不很認真地讀著，有一搭沒一搭地，到現在我都還記得開頭第一頁的標題就叫做〈在斯萬家〉。我根本忘記在斯萬家發生了什麼事，冷氣運轉的聲音轟隆轟隆響著，我只記得窗外的白日好亮好晃好空曠，我轉頭注視著那曝光般的白色，驀地感到心慌了起來。好像有人就在那白光的盡頭端起相機對我拍攝，喀嚓喀嚓，使我反白，把我照乾，將我照片一樣地懸吊起來。我不知道自己會成為什麼樣的人，會到什麼地方去，會在哪裡過著什麼樣的生活，會遇見什麼樣的人。我忽然覺得非常非常地想哭，胸口和鼻腔都被什麼緊緊地揪住。我翻遍全身所有的口袋想找到一個陰涼黑暗的洞口去擺放自己燥熱的手指，卻很遺憾地發現這條制服的裙子裡沒有任何的口袋。在那個手足無措的時刻裡，我忽然極度極度想念起那些天色未亮前的黑暗客廳，和那首彷彿天氣般反覆播放的〈為愛癡狂〉；電視螢幕裡的劉若英背著極大極大的吉他無謂地唱著：

我從春天走來，你在秋天說要離開……

我已經忘記那個中午，在斯萬家的書桌上，究竟有沒有掉下眼淚了。而流淚與否，或許也已根本不那麼重要了。我知道此後將臨的許多日子，我必會一次次地落下淚來。我必會。如同所有必將來臨的天明。九〇年代白馬般地自窗外走過，彷彿一個天亮。

天亮以後我就三十歲了。如此而已。

輯二——無風帶

「你不打開那只箱子，那為什麼要帶著它過來？」

「就跟你一樣。我不打開你，也從來沒有把你丟棄。」

是他說過一個人不可能抵達一個人如同抵達另一座城市。

是他說過他終年住過的每一座城都比另一個人來得親密與隱私。

是他說的：關於他者。

有一天，那或許是九月，十二號左右，我走了一段很長的路，沿著一條河。到路所能被走的最遠的地方去。然後我蹲下來，我覺得有一顆種子正在我的身體裡面，像是產卵。那是一種千真萬確的感覺。我確實在那個傍晚的河邊種下了某種東西。可能是象的孩子。可能是食人植物。更多可能是大量的黑色斑馬。我站起來然後我試圖說：好了現在你們都在這裡了。我就回來。

睡夢時夢見戰爭。複雜的數學課，小時候我喜歡過的雙胞胎哥哥坐我左邊。他問我：不織布是可以吃的嗎？我說我不知道。他又再問了一次，然後他把不織布吃了。各種時期的同學都在同一堂課上，而且維持著他們本來的大小。我被叫上台去黑板計算一個冗長的數學算式，有角度問題，有一個圓圈裡面畫著一個等腰三角形，三角形的頂點正好是圓心，有人以那顆圓心為中點畫一朵花，用紅色跟黃色的粉筆。我問旁邊的人說：這是什麼意思。旁邊的人說：這是角度問題。我非常困惑。但我知道重點一定在那朵花。我繞過等腰三角形。教室的外面應該有戰爭，但或許是化學課，有煙霧不斷產生，有調配的氣氛。我不知道該不該再計算下去，但下面的人都很安靜，而且可能我不會知道那答案，我一直在黑板上繞著圓心畫出更多的花瓣。

睡醒以後已經傍晚。原來是午睡。而且原來一天又要結束，落地窗外的白天像一面剛漆好的牆大片溶進地板，我撫摸著棉被，把它當作一隻忠實的狗順著它的毛撫摸，然後我撫摸著自己，手臂，小腿，腳趾，臉頰的肉，還有骨骼的正確性。我盡量安靜屏息摸過每一根骨頭，包括它們的轉彎以及它們的筆直，那轉彎像是一個軸，那筆直非常固執。我意識到：一個箱子。我意識到：火柴棒組成的盒子。然後我才意識到：是我。我驚訝「我」非常之小。我可以感覺到它幾乎是火焰，而且是火焰裡最小最小的藍色。對。它是藍色。接近黑夜。極可能是一種午夜藍。

窗外什麼戰爭也沒有。包括車禍。有時連一場平靜的碰撞也非常奢求。或許戰爭在更遙遠的地方，而所有的飢餓都是傳說，我是這樣極簡潔地生活每天喝水使自己透明又總是忘記在旺季旅行。有朋友終於去了英國，從遙遠的城市寄來明信片。東倫敦到處都是亞洲人，住在左邊公寓的阿拉伯人，每天早晨都要起床向東膜拜，窗簾繪有大象花紋。住在樓下公寓的韓國人則一天到晚都在吃泡菜，經常出發去一個邊境的中國超市買回最多最多的高麗菜。窗台對面的小酒館整夜都不停演奏印度音樂，我到底是在倫敦呢？還是在阿富汗？我們是在國中課堂上那種十二歲還需要分組焊接一個工藝課的門鈴線路或錫鐵製品的年紀中相遇。我多麼討厭工藝課因為始終無法明白用木條與白膠到底為什麼能夠做出一座鐵塔來。它們老是顫抖歪斜到最後又全部一起嘩啦嘩啦地傾塌摔碎。我老是做出一些極平常且令人不知該如何評分的東西，比方說桌椅，比方板凳，那些簡單方便又極便宜的四方形，如同三角鐵（我老是跟小學音樂課中被分配到三角鐵的小孩成為朋友）。但我又如此喜愛那些錫，那些液態的錫，在焊槍裡被一顆顆打出如同水銀落地，緩慢冷卻變成固體，原來門鈴的肚子是如此美麗，幾乎是蚌，有珍珠在緩慢生長（因此它被命令在一個下午的郵差拜訪中發出音樂也就不令人吃驚了）。我們都還很小，穿上新買的制服，衣褶還硬硬的還在那裡反抗骨骼。我們圍在雨天的工藝教室的講桌，看捲頭髮的工藝老師「喀」一聲剝開某種尋常電器，一個隨身聽，一排鑲有掛燈的木板，一個簡單的音樂盒。盒子上還有跳舞的芭蕾舞者踮著腳尖，一隻腳伸展向後，另一隻腳獨立地站著。老師說：這是一切。老師又說：一切就在那一切的下面。他旋轉芭蕾舞者，原來芭蕾舞者是一種栓，音樂盒散開，裡面充滿齒輪跟線路，還有一個金屬小盒。我拿起那個，在耳邊搖了搖，什麼聲音也沒有。

長大這件事是一件很奇怪的事。好像有一個時期隨時都有人在提醒你最近又長高了多少，並以此給予你讚美（多麼容易的讚美簡直每天進食運動遊戲又西瓜般變大即可獲得，像收成後那些田裡大片大片不要的番茄）。嘴巴裡的牙齒吃再多糖掉了也都會長回來（原來我是曾經如此揮霍地吃著那些糖又如此懶於刷牙，如果我們的牙齒都會不斷地長出新的來，我們還會每日早晨起床重複那荒謬的刷牙動作嗎？那簡直是喜劇，如果刷的是假牙那就是合法的喜劇）。突然有一天它的節奏就慢下來突然它像一棵樹的指尖所能碰到的最高最遠的天空，就在那裡停住了。我突然變得這麼大，像一個太大的箱子，箱子裡的三顆蘋果好像曾經被誰取走過一顆兩顆又放了回來還是保持三顆。一開始那箱子很小，蘋果幾乎以為自己就是箱子，但極可能有人偷偷換過了箱子，在夜晚在一個黑暗衣櫥在某種熟睡時刻，於是每次搬家我是如此害怕衣櫥裡的陌生動物，那可能極黑，或許是一種蒙古人的大象，漸漸把你變大裝箱又漸漸在睡眠裡把你運送到遠方。我們漸漸搬離原本的城市，去到一個陌生的地方。

我記得小學的同學裡有一個女生，她們家就在我們住的那個小鎮轉角的街上，離學校很近所以常常賴床遲到，爸爸是花蓮人所以後來搬家轉學又回去了花蓮。我們常常一起寫作業，在午後亮晃晃的巷子裡不停穿梭地騎腳踏車。那是一個充滿巷子的小鎮，簡直這些馬路上的店家跟騎樓都是假的都是單面的可以隨時捲走，都是為了掩飾它們背後那個龐大的迷宮。那些巷子都極窄簡直鹿港摸乳，藍色鐵捲門的下面坐著一個老人，他們的臉都爬滿皺紋像某種貓而且極疲倦。那些午後都很炎熱都充滿午睡氣氛，你幾乎以為整顆地球都像一種皮球慢慢靜止全世界進入某種催眠符咒。只有你們的單車喀啦喀啦壓過那些轉彎。那些永無止盡的轉彎。後來我到花蓮住了很長的時間，有一天在美崙坡上看見她穿著制服騎腳踏車而且竟然正在轉彎上坡，那轉彎極正確正確到令人不疑有他，我立刻騎車去追，在第二個紅燈過後我才想起來，我已經二十歲，而她一直都會只有十一歲。

我不知道為何我如此經常夢見侏儒。在一個馬戲班。有象，有獅子，有很多火圈，有一個印度頭巾的吹笛者，還有空中飛人。他的披風是深藍色，他的腰帶極亮，他首先走過一段鋼索，然後他咚一聲掉下來。我無法知道他後來究竟怎麼了，有沒有順利抵達另一段鋼索，又或者其實已經直線墜落，夢中的我非常擔心。舞台燈光慢慢變暗，動物排成一列（牠們長短不一宛如某種手風琴管）。一個侏儒從舞台的右方走上來，坐到燈光下。所有的燈將他聚成一個黑點。那簡直像一顆逗號。那就是他所能做的唯一一種表演。

我在靜止中醒來。在某種停頓的逗號中戛然驚醒。靜止，全面的靜止，有時比噪音更能使人甦醒。房間的地板似乎還有流浪馬戲班紮營後所留下的灰燼，一個侏儒坐在那裡，戴著高高的圓帽，穿條紋上衣，用手摀臉。我喝大量的水而我慢慢感覺我正在慢慢甦醒，我慢慢醒來然後我慢慢想起他的臉。

我想起小時候喜歡的雙胞胎哥哥。是十一月生日的小孩。髮色很淡。瞳孔的顏色也很淡。有一個跟他長得一模一樣的弟弟。不常說話所以不記得他的牙齒排列方向。但笑起來的樣子卻很清晰。有一年的春假旅行作業只有我們都寫了阿里山，這件事讓人很高興。我經常打電話去他家假裝要找他爸爸只是為了聽見他的聲音，當他說他爸爸不在家的時候我就好開心，我說謝謝然後我掛斷電話。整個小學的下午記憶有一半我都在打那個號碼，說出一個爛熟的姓名。十二年後我才知道那個從來也沒有來接過我的電話的陌生男子，早就在一次瓦斯氣爆的工安意外中成為唯一的死者。

我看到馬戲班。馬戲班連夜流浪到我的睡眠，升起營火進行表演。我看到空中飛人不斷轉圈，從一個鋼索吊上另一個鋼索，咚一聲掉下來。我還是不知道他究竟發生什麼事，有沒有好好活下來。我看到獅子老虎都不斷地跳著火圈，那些跳都極富技術性，像遊樂場裡的旋轉木馬總是極輕易地跟上任何一種旋律當作奔跑的背景。然後我看到侏儒。整排的侏儒，站在河堤，一字排開都是同一張臉。我感到有點沮喪，但又同時感到一種神秘的力量。我想起在各種不同的地方，那或許是尋常酒館中最緘默的賣藝者整個晚上都拉著他的手風琴，或許不過是台北地下街拖著一條爛腿的乞丐因為獲得五元施捨而就極願意與你交換的一句耳語（多麼昂貴的五元啊我因此重新尊敬資本主義它使所有的秘密都藏在最卑賤的那裡），又或許是喫茶店早餐鄰座的陌生男子放下早報走過來敲敲你的桌面（他戴著令人困惑的蒼蠅大墨鏡），他們說：有沒有人跟你說過，我好像在什麼地方看過你？

但其實我只是一個人在這裡，在一個尋常傍晚的午寐中醒來，在更遠的荒地中被急速地遣送回來，回到生活。窗外是河堤，侏儒隊伍早已從夢中跑開，一哄而散，像另一個夢裡的花瓣不斷在離開它的圓心又不斷回來。我在一個陌生的城市，讀陌生的書。書名好像是一句法語，唸起來像一隻鼻子，我唸著唸著就覺得自己變成一隻大象。但那句子從來不會把我變成大象，我知道只有聲音會帶我走得更遠，走過一個夢，甚至走回童年。我突然就二十四歲了，背起行囊搭乘一段便宜漫長的國道巴士進入一個城市，離童年的居地極遠，而且從不思考未來。一年之後在哪裡？在西藏？在巴黎？在東倫敦的貧民區聽一整晚的印度音樂，然後錢花光了再拖著沮喪的步伐回來。或許哪裡也沒有去，或許我一直待在這老舊河堤邊的一所小公寓，每日喝水使自己透明又繼續變成一棵樹木在夜裡旅行。作夢。作夢的意思有時候是：作夢。有人會說唯一能給我啟示的是我的夢，但我是如此討厭啟示這個說法不如說白費，我比較願意說我是一個布偶破了一個洞一邊行走就一邊從肚子不斷掉出棉花屑。那布偶極愛轉彎，那轉彎的弧度極美，那傾斜就是一種正確，那棉花屑，沿路不斷掉落就宛如秘密的雪。

仍舊維持某種孤癖生活。每週不交談三名以上正常人類。但允許馬戲。偶爾會因錯過一天一班唯一向東行駛的電車而莫名沮喪。去英國的朋友打昂貴的公共電話回來，在一個吵雜的地方。電纜埋進海底繞過半個地球，話筒裡發出噗噗的聲響。那是什麼？是一隻誤闖海底電線的水母正在練習用聲音換氣？是整鍋九月的海水都滾了都燙了都正在煮沸？或許其實不過是投幣。硬幣的聲響越過七小時時差掉進話筒最底，一分鐘的聲音原來價值一枚英鎊，時間與話語當下銀貨兩訖，事物之重量如此明朗乾脆令我完全信服得五體投地。

她說在雨天的地鐵看到一個東方女子穿黑大衣，長長的馬尾寶藍色圍巾，五官跟我完全相同。我說你知道我有多常聽見這種事，這幾乎已經變成一種傳說。簡直我總是要懷疑是不是在一個月黑風高的夜裡我就出發去一個陌生地，產下大片大片相似的孩子宛如複製人再把她們通通都丟棄。我可能在一次十歲的迷路中就把一個十歲的我忘記在那裡，然後我完全不知道那個我這些年到底幹什麼去了，變成銀行搶匪鴛鴦大盜中的其中一員所以總是蒙面？變成旅行者一個國界一個國界地穿梭到最後終於成功地消失在地面？又或者變成這城市的任一女上班員總是在早晨八點四十五分的地鐵車廂「啪」一聲把高跟鞋的鞋跟踩碎？地下街的盡頭有一個吹洞簫的人，頭上戴著大竹簏，臉孔完全遮蔽。旁邊的招牌寫著斗大四字：「尺八癡人」。我不能明白那意思，但也就困惑了也就都興奮了，像中學時代的工藝課剝開的一顆門鈴或鬧鐘，發著祖母綠的光，所有的零件都在誘惑我進去一座森林。我踮起腳尖走過一棵齒輪樹，遇見一隊侏儒隊伍，侏儒隊伍戴著竹簏一字排開，從第一個開始掀掉他們的頭蓋，十歲的我，十一歲的我，十二歲的我，……二十歲的我，三十歲的我，一直一直排到森林的盡頭。

時光隊伍。

時光隊伍在白天鳥獸般地散開，在夢裡成群結隊地回來，在睡眠裡圍著營火齊聲歌唱，然後在甦醒裡被全部遣返。

遣返，回到生活，生活像是第三個夢。一段火車的翻覆，六個小時，三百五十公里就來到另一個城市。六小時前的我在哪裡？在一個濱海漁村的小村莊等待一輛幾乎是駱駝商隊的巴士？在一個華燈初歇的南方港鎮跟同是背包客的旅行者交換一個眼神？秋天的微光斜斜編進冬天的針織，記憶在盡頭的道路起伏湧覆，像一排拉開的剪紙。有燈的地方都有路走過，沒有燈的地方路也還在繼續地走。一雙鞋磨得好爛走過了海灣也走過了矮山，走到過燒灼也走到過清涼。

而路是沒有盡頭的。像一個小孩拉著另一個小孩終於會到達第一個小孩所遺忘的地帶，我紮起頭髮離開午睡的公寓走一遍九月的河堤，把路走完，把鞋走散，身後一排長長的斑馬隊伍都是我不斷流亡的馬戲班。

河堤的盡頭是傍晚六點鐘的動物園，有長頸鹿煙囪，有人穿著大象布偶，關門前的小孩一個一個圍上去跟他握手，齊聲道別：大象叔叔，明天再見。聲音團結宛如一種大鼓與鑼的遊行行列。

沿著路回去，回到夜燈高掛的食街。所有的人車都在這裡滯跌，所有的生活都在這裡摔成一堆。好繁華的街一整條燈如流水，好勇敢的燈已經撐起一匹黑夜，好遼闊的夜又淹過來整條的街，每一間餐館都人聲鼎沸。我往下行走，譬若夜遊，宛如沿途賣夢。

所有的秘密都密封在夢中，但所有的街都早已成為了夢。作過的夢像這街上一塊一塊的紙屑，雜亂無章又井然有序地不停往下排列，她所見過的我是不是就埋在這一條街？終於有一天，年少的我也會沿著整路的紙屑散步回來，抵達現在而與我重逢？隨手寫下的一個句子：

「她是一隻失速的水母令所有人驚訝。」

丟在地上擲地有聲，變成卦象指向遙遠的未知。未知，而總是將要抵達的，第三個夢。

禿頭女高音

我總是在公車上遇見那些女人。那些初老的女人。那些初老的女人爬上車來時，公車的日光燈管啪嚓啪嚓地閃了閃。是夜間七點鐘那種除了吃飯不知該做什麼好的時間。車廂空蕩蕩的。你想：這是一個女人。這是一個老上班女人。她們的前額都禿了。

我從沒見過女人那麼禿。髮旋那麼大。像一個嘴巴。可她們看起來都並不是很想的樣子。你想不出她們會有什麼特別想吃的東西，想逛的小店，想買的衣服。正確地說，她們不是極飢餓就是極潔癖。你總想：一個老上班女子。好像從年輕起就很熟練國稅局的報帳作業或法律規則。戴藏青色袖套。躲在一方螢幕背裡這邊打打，那邊敲敲。指紋磨得很平很平。穿假皮包鞋。終年背同一只灰咖啡色GUCCI手袋。她們老搽同一色的口紅讓你以為她們其實私下有某種串供，類似都去上了初老學校禮儀課程。你總想：這是一個初老女子。她沒老到需要被你起身讓座。你想：這樣一個初老女子。女子老了以後都紛紛變成了男子。你老是想：這樣一個像男子的初老女子。她這麼老了還要工作。她好像從來沒用過她的子宮。

我也會有那樣的初老時光嗎？我從年輕起就獨自居住在不同城市的各種房子裡。在河邊的公寓時我曾想過也許一生都要住在這個房間裡，晨起目視著落地窗外流淌的河直至老去。那是一個很小很小的房間。我在那裡面度過非常安靜的幾年。結束了碩士論文，並且開始博士論文。房東是一個中年女子，從不曾來過。我曾想過我會在這個房間裡慢慢變老，老到我終於要離開這座房子的時候我會再見到她。那時她變得更老而我已經是一個初老女子，彷彿這中間的幾十年全都不存在。我夢想著這樣的見面到來。後來我終究離開了那座房子，因為房東先於我的初老把它賣了。「我要到塞爾維亞去了。」最後一次見面時她說。「塞爾維亞是什麼地方？」我忽然發現她已是一個初老女子。

到五十歲的時候，我還會在這個城市生活嗎？成為那些夜間七點鐘大量出現的初老女子們。髮線退得太高於是就索性成為了光頭。一直獨居。偶爾和不結婚的同志友人見面吃飯。抱怨皺紋和體脂肪。誰誰誰聽說愛滋死了你知道嗎。老到一定程度愛滋就跟Cancer沒兩樣。噴嚏感冒似地老Gay與老女。然後也在工作。又老不到可以退休的年紀。仍每天都在學習新的電腦系統。

據說女子的耳朵愈老愈聽不見低音，於是她們不再聽見男子的話語。她們的聲帶隨著這種構造拔得極高，終於將只能聽見自己與海豚的聲響。夜間七點鐘的公車上，我忽然就理解了整個車廂，為何如此靜默。如此針一般地靜默。

辯術之城

後來他就不再有信來。

從前的信和水電單堆在小小的信箱裡，滿滿的，好像在說：都收到了。

最後一封信寫著：上次繞路經過，我好像是專門寫給那只信箱的。

其實寫在百元折價廣告單的背後，他自己就是郵差。

他後來就不再有信來，「因為你先選擇了沉默。」他寫著。有責怪嗎。有的我想。我很高興他先責怪了我。因為我對誰生氣都不夠合理。而他最要求公平。

我想要寫一封信用百元折價廣告紙，開頭要說：「你不知道光的下面其實也就是沉默……」寫了兩行又揉掉，有時說話也不能夠。書寫也不能夠。如果可以揉掉夜我也會那麼做。

常常失眠，而夢又作得不夠多。

不作夢的時候感覺好像從來沒有睡過，感覺時間不再有斷裂，我說我二十二歲以後就沒有作過夢。

中午的時間我在天橋的下面等一顆紅燈，撐傘的女人站到我旁邊，傘上的雨水滴在我的鞋上，好像在說，很遠的地方有一場雨。

好大的城市。

課還是上著。我每個禮拜走這樣一場路口穿越天橋去上只有十個人的課。

太初首先是氣。書上說。

另一個人發言：太初首先應該是分離……。

蛛巢盤據的研究室卻好像是從太初開始就在那裡了。必須轉很多彎。我每次來上課都覺得掉到這棟大樓很深的地方。在很深很深的井底。爬不出來。而且拼命揮手呼喊。我覺得孤獨的時候就會變得這麼吵。但即便喧囂也是默寫的。我安靜地坐著。抄筆記。或者轉筆。沙沙沙。我的老師他已經很老，老得好像我只參加過他的老那樣，有人三十歲的時候認識你，他就永遠不會知道三十歲之前的你，你愛過什麼人恨過什麼事，你偷過什麼你把誰搞丟你又背負起什麼東西。那變成一種秘密或者房間之類的東西，上了鎖，而且鑰匙永遠遺失，永遠不見。秘密是最好的釣餌，永遠有人會走過來說：我需要知道。我需要。（他永遠也不會知道他釣到的是一隻魚或者雨鞋。）我很幸運他已經六十歲，我什麼也不想知道。有沒有人從出生就老成這樣？我很想問他從什麼時候開始就沒作夢，我二十二歲以後就沒了。

報告論文進度的時候我盡量讓聲音變得鎮定。二十二歲以後我們好像就一直在練習鎮定這件事。要習慣被丟擲，問題或者石頭，都要。鎮定。而且練習回擊的能力。

有一次我說我覺得我們在做的像是一種說話術的發明或者什麼，我說我覺得這些堆砌不一定就像我們所想的那樣真可以往上蓋出一些什麼，當然我說的不是樓房或者大廈那些，或許是巴別塔，但也可能其實不過只是一支電線桿，我自己也不夠肯定。而發言的位置或者立場是必須的嗎。

但是當我說完的時候我覺得很沮喪，因為他們全無聲地將瞳孔轉向我，二十幾隻空空的洞。好像在說：現在說這些有什麼用。

後來我就不再說。我已經參加了這場辯術太久，而且從來沒有一次全身而退。我有什麼資格說這些。

剛進來的學妹很認真問我：找資料是必要的嗎？要怎麼唸完這些？或者怎麼知道該唸些什麼？格式應該這樣應該那樣怎樣才對？我說你覺得對就對，你覺得在哪裡得到了東西就往哪裡去。我說。要不然只是口吃訓練班。我一說我想要工作了他們就強烈阻止我。我已經唸了太久的書。而且厭倦這些。像是看了太久的魔術表演那樣你會知道他們不是真的吞火。真正火過來的時候你會燒傷。會痛。會哭出聲音來。日子久了會作惡夢。可是我二十二歲以後就沒作過夢了。他們說你會搬磚嗎我說我很有力氣。我真的很有力氣我可以一個人組裝衣櫃進行搬家的工作。他們說我不是很懂你在說什麼。但其實會艱難很多。

又開始一個人生活。搬家以後沒有給人住址，我每天早上醒來都在等第一封寄來的信。

真的有一天寄來一封。妹妹說姐姐我要嫁了。懷孕的事媽媽知道了很生氣。可是沒有打我。我們沒講話三天。後來她問我要不要嫁了。

我首先寫：怎麼會知道我住處。又覺得是無關緊要的，把信揉了。

開頭寫：「你還好嗎身體還好嗎。過幾天回去看你好嗎。秋天結婚比較好因為衣服很漂亮。」

過很久都沒有再有回信。

冬深一點的時候我開始一個人走路。買水果。採集紅綠燈。

沒有一個撐傘的女人再來跟我一起等，整個城市都乾乾冷冷。

有作一個夢，夢裡他過來按我家的鈴，戴著口罩。我問他為什麼奇怪模樣。他拿下口罩說他病了。

「我這裡，」他取下罩布：「沒有了喔。」口罩下面便是大片完整的皮膚，再也沒有那個洞。

「你若還有別的不要，我也可以拿掉。」

我驚叫出聲。醒來以後一片汗。

或許夢裡我說得比較多了。所以他比較了解為什麼。但我沒說過希望他安靜。也可能我是有說的，只是連自己都不知道而已。又可能每個晚上在夢裡我們太常對簿公堂了，醒來以後就堅持要忘記，堅持說：二十二歲以後就再也沒夢過。

收到第二封信寫著姐姐已經冬天了，去算了八字春天才要嫁，衣服很美但是肚子很大，應該秋天要嫁的。

我寫說很高興很高興我們都很高興。寶寶還好嗎你還好嗎。突然又不知道該寫些什麼。我寫現在是陰天。不知道為什麼這個冬天乾成這樣。這裡的工作快要告一個段落。每天我睡醒。刷牙。擠牙膏。開冰箱。喝牛奶。然後開始長長的打字工作。每天我用鍵盤練習彈鋼琴。真希望會有一段音樂。如果寫完這些會變成一支歌我會很快樂。如果有人願意唱我就會快樂得睡不著。你還好嗎還好嗎。我每個禮拜去那個井底般的大樓深處一次跟十個人報告我的進度。

下一個。我的老老的老師每聽完一個人的言說便說。下一個。好像在叫：下一個。鳳梨罐頭。下一個。番茄罐頭。下一個。下一個。

然後就是大片的沉默。不再有言說。

就像我給他寫的：「你不知道光的下面其實也就是沉默。」卻沒有寄出去。

光的下面真的就是大片的沉默。以前有人在詩上寫：沉默收割耳朵。

那才是痛。

又坐火車去了療養院，因為太久沒有去我覺得他會很寂寞。護理員和瘋子我老是沒辦法分得很清楚。有時我去也穿和他們一式的淺藍色衣服，瘋子也分不清楚我。

很安靜。大部分的時間他們很安靜。鐘聲響大家就紛紛圍到天井的中央排隊取水領藥喝。走路的時候衣衫摩擦衣衫。沙沙沙。除此之外就沒有別的。

光在那裡陷落。沉默也在那裡陷落。

但那個天井卻太像一種籠。養著一隊馬戲團。或者要他們表演吞火那真的會痛。一列無聲的。展示櫃。

我一靠近鐵柵他們就從裡面圍過來看我。看住我。好像在說：請來。請來我空洞的眼裡。請來這裡面歇息。

「要找誰？」偶爾會有這樣的聲音從那些眼睛的後面傳過來。我一說要找劉坤進他們就騷動起來。

「三一九室那個嗎？」他們指給你。有人開始在鐵柵裡喊：劉坤進外找！劉坤進外找！好像喊著：鳳梨火腿叉燒飯一盤！

我大聲問他耳朵有沒有好一點，他就搖搖手說：聽無啦。聽無啦。我指指嘴巴他就張開給我看，都沒牙了。

五官和他們都像，比爸爸的爸爸年輕，比爸爸瘦很多。我的爸爸好像分裂成三個。

爸爸的媽媽死掉的時候爸爸來告訴他：坤進我們的阿母不在了。他搖搖手說：聽無啦。聽無啦。他就走過去他的耳朵旁邊大聲的吼：阿母——死掉了——坤進仔——阿母死掉了——。

聲音消失以後四周更加沉默。他看了看我。看了很久。好像從來沒看過我那樣地。看著我。說。聽無啦。聽無啦。

阿母啊死了。坤進啊。

尾音漸漸沉寂。空蕩的天井。回音交叉撞擊著牆壁。沒有光的所在。聽無啦。聽無啦。

要回去嗎。不要住這裡了。回去潭頭好嗎。不要啊。真的不要嗎。一直搖頭。搖了很久。聽無啦。聽無啦。

又有一個習慣是吃東西要吐痰。吃一口吐一口。我帶著大捲衛生紙和食物去東部小鎮的療養院看他。有好好刷牙嗎。有吃飯嗎。有人欺負你嗎。

又買了一頂藕色毛帽在小鎮外面的市場。要他戴起來。要他把耳朵塞起來。帽簷壓得很低很低。我把手抱在胸前做出瑟縮的姿態說這裡的冬天很冷嗎。一定是很冷。他戴上毛帽學我的姿勢不斷點頭。很冷。很冷。耳朵裝進袋子。聽無啦。聽無。

擁有不是一件容易的事，連掌紋也有它自己的路要走。鞋是那麼容易被腳帶到遙遠的沙灘，可沙灘也終究是要翻覆的。有時舉手也是困難的，投足也是困難的。沙灘上的鞋印就是我們的卦象，一排左腳通到明天，一排右腳通往昨日，但我們也不一定就是現存。

回到城市去上另一堂課。他們說這個時代都是壞的都在腐敗。謎題還沒有出來謎底就已經先拆。另一個人說後退是可能的嗎。無窮的後退最要緊必須有出口。必須轉圜。沒有空間就什麼都不必談。他很激動。很需要冷卻。我轉筆。沙沙沙。紙張摩擦筆端的聲音。沙沙沙。

痛楚有時撞擊。但很快消失。因為後遺的力道無所不在。我有時便感覺暈。

或者我是一個沒有謎題的謎底。我尷尬站在原地等痛來襲。
等他們說：好了現在你可以動。
我就動。我就對著他們做出解答的動作。我就現身。
謎題一直沒有來。
又或者那老早懸吊在那裡，是我遲遲不肯靠近。不肯靠近。那個黑暗房間。
以為不必觸摸就沒有事。
但光的下面也就是沉默。一點一點被沉默淹沒。聽無啦。聽無啦。我們四下尋找我們遺失的洞。或者其實有鑰匙。誰也不肯動。

夜裡醒來的時候我推開房門，她在搖晃的黃色小燈廚房裡背對著我。
看見西西嗎。我問。牠不在牠的籠子裡。
她站起身去把冰箱門打開，冷氣大量大量的流出來，像是乾冰。她說牠死了我不敢告訴你，就把牠冰在這裡。
我安靜站立。在黑暗的內裡。沉默而且冷凍的世界。兔子西西和豬肉牛肉睡在一起。
她後來就去看了精神科。有人聽她講一些什麼，精神科醫生的美德就是聽人講一些什麼，做一隻優秀的耳朵。拿了紅的綠的藥丸回家吃，吃完了便趴在牌桌上睡著，一人麻將她睡了也還是一人。不會散。

也還是胡。一人分飾四角高興什麼時候胡就胡。

「我牌品很好我打三、四百。」睡醒的時候搓麻將，麻將和麻將在空空的桌上碰撞，發出音響。

妹妹懷著小孩來跟她一起住，她們每天一起上市場，買很多肉，冰在兔子西西住過的冰箱。又買了一大袋紅棗，買紅棗要過很長一段紅綠燈。她們沿路把採集的紅燈也收進紅棗的袋子。

又有一些時候打電話來，我正在論文堆裡焦頭爛額，思路好不容易連貫起來，啪一聲又斷掉。她在電話那頭說：他們又來討債。聲音像是僵掉。

你告訴他們劉先生不在。不住這裡。他已經失蹤好久。

可是沒有用。又一日在圖書館裡接到電話，我壓低聲音往化妝間快速走去，收訊不好的緣故她那裡的聲音一直很微弱，而且斷斷續續。我說你說什麼我這裡聽不到，再大聲一點，再大聲。

後來電話就切掉。過了兩三日才打來。說這次丟了一顆土製炸彈在屋棚，砰砰砰炸開一個花。她們連夜搬家。

但很快搬回去。她在別人家的床上睡不好覺。

吃很多安眠藥，有時睡得像是死了。妹妹搖搖她的手像是把她從很深很深的地方撈起來。媽媽醒來。媽媽醒來。

醒來以後總以為睡了很久，原來不過是一夜的事。沒有吃藥就夢見爆炸。像是從心臟那裡爆開的聲音，很深的裂縫打開，痛痛的流出來。

很痛很痛。不是魔術表演。有時我們真的吞火。兼職的雜誌社寫了電郵來。說這些東西通通都要改。吉普賽人代表什麼？地下鐵又代表什麼？七樓的茉莉為什麼必須七樓而不是六樓八樓九樓？跳得太空他們就什麼都不懂。就只會說：不過都是符號罷。我很想說所謂符號也不過就是盾牌，你真的被燒過炸過燙過你就壓根不會想要碰。根本不會特別想要讓誰懂。你們不懂只是因為，你們沒有比我更在其中。我書寫不是為了我表演，又或者我是表演罷，是因為我不願直視那傷口。

彼語寂滅者，往而不返，徇生執有者，物而不化。

以言乎失道則均焉。他來跟她一起挑婚紗，挑最大號，腰那裡不能掛鋼絲撐蓬，因為怕傷到孩子。也不能穿緞面那太貼身，婚禮的時候必須撐黑傘。穿平底鞋。她生氣著說那到底有什麼是可穿的。這也不行那也不行索性不嫁了。

又堅持不肯讓他參加婚禮。他欠了很多錢但有時會回來睡在他房間。她哭著要把他趕出去。說結婚之前再也不要看見你。把我們害得不夠慘嗎媽媽現在每天吃瘋人院安眠藥你現在自己在哪裡逍遙。他也在場搶她的掃把，說你不為自己想好歹也為了孩子想。她蹲下來大聲吼叫像一隻獸一樣。媽媽對爸爸說我請你出去。

他真的結婚那天才出現，像客人那樣走進家門西裝筆挺，親友們圍上去說：恭喜！恭喜！親家公。吵鬧的八音在收音機裡敲鑼打鼓。她在房間裡拉她卡在腰那邊的拉鍊。閉氣。閉氣。再用力一點。對再閉氣。孩子在羊水裡縮得很小。所有的儀式一開始就是咬牙切齒。

畢竟只有十九歲。肩膀很小力氣也很小。沒有離開過媽媽沒有一個人搬過家。蹺家了就打電話來說怎麼辦我很想哭姐姐怎麼辦。也曾把頭髮削得很短很短像個小男孩。親吻女生的時候就意氣風發威不可抑。但夜裡常常失眠常常睡不著。作很多夢。

如何再要求多一些。如何再。如何。

結婚以後的一日收到她的信。說琪琪嫁了家裡很空很大很害怕，一起上街買的菜快吃完不知該不該還再去買。洗被單的日子一個人鑽進被套拉平四角，棉被很厚很重一切變得很不容易。一個人住像是提早老去。我寫信說會習慣的我也已經一個人這樣久。我一個人提很重的一週份食物走長長的路回家冷凍。

然後生了一個孩子很愛哭沒辦法離開她。她去幫她坐月子抱著他哄他睡，說你媽媽懷你的時候四處躲炸彈所以你才會這麼怕。搖晃他。我可憐的孩子。我可憐的孩子。像在說給自己聽。我可憐的孩子。

相信的意思是：交予心而不交予身體。

但身體也就是邊界，我們如何交談關於相信的話題？痛楚那樣真實地來過，每一步每一步都扎扎實實踩在我們的傷口。

「很痛很痛。」但必須緘默。「你還可以嗎？」「我還可以。」痛的時候就感覺存在。不會幻滅。存在的圍欄。存在原來要用疼痛交換。

身體尋尋覓覓。身體佇立良久。

安慰來得如此遲緩。

爸爸的爸爸老了以後也聾了。兩隻耳朵掛在臉的兩邊像是哭渦。廢棄的器官，找不到存在的理由，所以身體就會滲出許多水像哭。

「要尿嗎？」你就扶他起來尿。尿斗筆直站立。尿斗張嘴等待。性器老了以後就只是皮膚。就只是皮膚它皺它排水它是毛孔。

交談也要壓低音調提高音量。聾人的耳朵都重低音。很低很低。接近平面的低。話語最終的依歸。我們可抵抗的原來僅僅只是地心引力。聽不見以後就很愛講話。像對著遙不可及的牆壁一直打壁球反正永遠聽不見回音。無可交換。既然無可交換為何如此專注？井很深水桶的繩就只好不停地放，找不到停的理由啊廢棄的井什麼時候丟一顆石子下去才能擲地鏗鏘？

突然又問起失蹤好久的爸爸坤豐仔去哪裡這麼多天沒回來？警察大人有來過難道伊是被抓去關？我低著嗓大聲在他耳邊說無啦無啦是來查戶口你寬心。炸彈爆炸的時候照樣聽不見。但就被震醒。像從頭到腳被電擊。被鞭炮燃放。以為不是死到臨頭在CPR室被兩根熨斗連人帶床拔起，就是靈魂在睡夢中遠行了幾十年幾千里，三十歲的大水翻了他的床。

聽不見但身體還是很敏感。沒有了耳朵任何疼痛都像針氈。很細微但很激烈。

投石問路。

如果月光也能使我們逼視石子的真相。我們的步履就像貓。很輕巧九死一生可以照樣很輕巧。

「倘若敘事無論如何勉強進行，必然要改變它的手法，它的敘述線性開始碎裂，而以碎片、謎題、簡略、未完成、紊亂、罅隙……為成分，續行鋪陳。在其後某個階段中，敘述者、和原本應為其提供支持的環境，再也無法維持其身分認同而停止敘說，並繼之以極致的文體強度吶喊或描繪。」

敘事在主題吶喊之前讓步。克莉斯蒂娃如是說。

那即是詩的暴力，與沉默。

因此我停止。我停止鐘面的轉動。日與月的分岔。字與字在稿紙的格上追逐。強壯的夸父們狩獵回來，攤開雙手卻空無一物。

身體尋尋覓覓。身體佇立良久。

最後就來到這樣的時刻，他靜默了好久，終於還是攤開桌面的紙。一大片都是白，像是一滴一滴檸檬那樣滴出來的地圖，路徑總是在烤火之後。

這樣不行。他很艱難地開了口：你要先相信你相信的。聲音像是這井底大樓般的小石，很微弱的回音傳來，敲打著耳膜。

你無法相信就無法書寫。無法書寫甚至無法存活。人總要選擇一種姿勢站到老死。你不相信你當初何必踏上這途？他說。說得很快很急。像責備，像研究室牆上的掛鐘兩支針擺快速競逐，分針責備秒針。

但如果我無法確知我相信的是什麼，我要如何相信？「最要緊的是必須有出口，必須轉圜，沒有空間就什麼都不必談。」愛很遠，事物卻這樣近。海德格說；「唯有聆聽。」

身體不說謊。

心被遮蔽。菸在菸灰缸裡扭曲。他的臉在他的煙霧裡漸行漸遠。消失不見。

心是辯術。

鋒銳的辯術在城市裡流竄，有時像是紙張的邊緣，軟的刀子，切進身體盜走一些什麼器官真是不留情面。車刀紙刀這樣流血。這樣流血以後會喊痛。會哭。然後再度相信謊。殘缺過的終究還會再長，心和身體各自承擔。

但安慰總是來得如此遲緩如此靜默。像光。

一直到最後才肯把他的信從去年的那一疊水電單裡揀出來讀。很深很深的藍墨水，每一筆都像沉重的印刻：

「如何我竟來到這個黑暗的地帶？」如何？如何？

沉默在大陸棚的下方。闃深而黑暗。深海的波長深不可測。傳聲多麼困難。探問多麼困難。魚不說話所以水草也不說話。靜靜吃與被吃。痛與不痛很簡單。

光的下面也就是大片的沉默。我一直不肯給他回信。因為我就是那光。我的下面也就是沉默。草原般的沉默。無話可說。風吹草低見牛羊。

一個朋友的信也夾雜在水費電費單裡埋沒，去年的信，沒有被挖出來，在水電單的數據裡說，上班很累辦公室的人很無聊她們每天討論如何艱苦如何為愛犧牲如何做死做活幫男朋友繳卡費。如何買早餐接送上下班生日吃大餐可是你知道她們的男朋友都長得像劉文聰。她說今年申請美國研究所失敗了考上的同學們怕她傷心不敢跟她說。跟別人討論別人說你就打給她們說要去慶祝好好恭喜她說不想。別人說只要上去十分鐘就可以了不會很困難。別人還說很羨慕考上的人。

你覺得人都可以變成自己想要的那種人嗎？她說。

下一個。番茄罐頭。下一個。鳳梨罐頭。下一個。下一個。他們點頭如搗蒜。

我是亮晃晃的謎底。沒有謎題。

終究還是把那些質疑與被質疑的寫完。無法不寫完。因為無法完全割捨痛與不痛。又或者痛與不痛其實很簡單。我是一株水草我等待魚群。我是一個謎底我就等待謎題。我等待。

夏天快要結束的時候，開始收拾。最多的是書，裝了八大箱，一箱一箱搬到便利商店去。很吵的書本在箱子裡被堆疊在一起，像交談，像一列遊行隊伍我們就要出去遠方敲鑼打鼓。然而膠帶大捲大捲的撕裂，封箱以後，終究也是要沉默的。西南來的季風颳過街口。有一個孩子快速奔跑。很快不見。古老的研究大樓像井那樣深。每個不同的椅子都坐著一個人。沒有人是錯的。

下一個。番茄罐頭。下一個。鳳梨罐頭。下一個。鳳梨火腿叉燒飯一盤。下一個。下一個。

書架空了以後四周便安靜。好像沒有久居之地。一切的定義終將沉寂。我想沉沉的睡去但也不能夠。沒有了夢以後時間就再也不會斷，它要你一直往下走。下一個。下一個。蒼白的腳趾頭。

所有的辯術都被阻擋在門外，所有的敲打都終將微弱。鍵盤和鍵盤彼此咬嚙的聲響，窸窣地交談。痛楚像海潮來了很快就退掉，沙灘上面什麼卦象也沒有。只有沉默。沉默。以及沉默。沉默最深最深的內裡。砰砰砰。土製炸彈在凌晨三點爆發。像一朵太激烈的曇花。開了。很快就謝。

但因為後遺的力道無所不在。有時我便感覺暈。

憂鬱貝蒂

七等生說多年前他曾經沿著重慶南路的馬路黑衣過街，那時二樓咖啡館窗口的朋友說只是看著那背影走路的姿勢，一眼就知道是他。「十數年後，重慶南路上的人潮是洶湧了，只是還有人會從一個穿著黑衣背影的傾斜姿勢，辨認出我來嗎？」很久以前，有人跟我說過一樣的話，那人黑衣的背影如今已不知隱沒到這個城市的什麼角落去了。「這個時代，有人會想起一個作家的身影來嗎？不是作品，而是姿勢……」那人是這樣對我說的吧。下雨的夜晚，收音機裡的廣播正唱著陳昇的恨情歌，很多年以前，我也曾在那窗口有著一棵樹的房間裡聽著同一首歌，離開那裡以後，那個房間的陽台下面聽說有人上吊，不過數年的時間，那些屋舍伴隨社會新聞的電視畫面播放出來時，我才驚覺一夕爬滿青苔。是什麼時候開始變老的？我還記得綠上衣的H還不相識時，提著他那亮橘色的洗衣籃，從宿舍中庭晃悠悠地走過，彷彿每揚起一次就會落空一次。好長好瘦的人。好奇怪的綠好奇怪的橘。在我的窗口看著我邊這樣想。

H有什麼改變嗎？畢業以後某一次見面，談及學位論文，在一個嘈雜的餐館場合，人聲鼎沸著。H和他的研究所朋友與我對坐，嘻鬧的笑語穿梭在此起彼落的餐盤間，伴以刀叉撞擊的鏗鏘聲。在平行流過的聲線裡，我有些恍惚。H說起研究所的生態文化與權力論述，赫然有種上班員茶餘談論起上位者的世故與熟稔，我已經忘記那個下午的餐桌上到底交談了什麼，或許是相識太久，觸鬚於是理所當然地各自退縮，誰都不想言與義及。話語在桌上剝散開來，核殼碎屑散落一地，後來我什麼也想不起來，我只記得此後的日子若是想及H，就是那樣初次照面的純粹的綠與橘，在記憶的深處用一種奇怪的搭配組合在一起。

多年以後我從那個大學時代的宿舍走出，走進一些人的生與一些人的死。大學時代快結束的某一天，妹妹在電話裡哭著說姐姐我有小孩了，我壓著手機從圖書館快步疾走，聲音也壓扁得像是一頂鬆軟的帽子。「拿掉吧。」我聽到我的聲音竟像選擇每天中午的便當內容那樣簡單乾淨又義無反顧：「好麻煩。不要了。」妹妹終究還是把孩子生了下來。之後結婚。之後離婚。有很長一段時間，我終於見到了孩子，生日與我相差五天，看到我就撲過來，叫我：姨。姨。

那種叫法有一度指責得我無以自容，不知該如何自處。無法面對的是未知世事的孩子？還是其實是自己內在最冰冷刺痛的尖銳？一直以來我用這尖銳冷靜的一端將自己劃分出來。那就像是二〇〇〇年，九〇年代的末端，大學裡還抓著一點文藝叛逆的末潮，有一些同學加入了電影社，每週兩次輪流播映著柏格曼、塔可夫斯基、安哲羅普洛斯的片子。那年我剛進大一，沒有跟著加入電影社，每週固定卻繳三十元非社員費用摸黑進去看片子。為什麼不加入？害怕團體的氣氛？還是害怕的只是證明了內在最無可反駁也不要反駁的證據：到頭來，我能握住的只有自己？

那時我們也看《憂鬱貝蒂》。法語片名叫做《早晨三十七度二》。法國南方燠熱的濱海廢墟。叫做佐格的男子與叫做貝蒂的女子，黃昏裡的木屋與小型遊樂機，還有木馬跟油漆。我不知道這些東西為什麼會出現在那裡，只知道上空穿吊帶褲的女子貝蒂有一種奇怪的藍。大眼厚唇，笑起來牙齦就血色地咧開，歪曲的極致就率真到足以燒毀一切。做愛的時候激烈得停不下來，刺穿雙眼自我毀壞的時候也激烈得停不下來。貝蒂死時被男扮女裝的情人佐格壓死在醫院床上，佐格穿好激烈的紅，那紅在我的眼睛裡透進好神秘的力量；有力，致死，幾乎要刺瞎雙眼。

但我還是從頭到尾地看完了。走出放映室。盡可能勇敢地走出。

後來我才知道O也看了憂鬱貝蒂。尾隨著。更多的意義或許是尾隨著並且吞噬，從腳跟啃起，刺目的紅，那麼有力，足以使我眼睛目盲。

O經常在我與那時的情人講電話時趴在我宿舍的桌上無聊地寫些什麼，有時是廣告紙的背面，有時是恣意隨手從我桌上的筆記本撕下的空白頁。多年以後我才知道那撕下的動作承載的是什麼樣的不甘與不捨，還有激烈卻頻頻交叉掩護的侵占。那些紙條多半用2B鉛筆流水帳般地嘩啦嘩啦記載著今天發生的一切瑣事，去什麼地方，遇到了誰，和什麼人一起吃飯，在路邊看到的狗的斑紋多奇怪多奇怪，電線桿的數目一條路平均有幾支有幾支，那些內容多麼平易尋常像是流光卻又隱約透露著一點危險令人膽怯而只想迅速略過，我知道了什麼？我明白了什麼？我還是什麼都不明白假裝一切盡可能合理不道破？那些日子裡，我一張紙條也沒有寫給O。

離開那個地方戀愛就結束。不知道為什麼一點也不難過。最難過的已經走過，砧板上的死肉切了再切只會碎末卻絲毫不感到痛。分手多時的人有時會帶著有意無意的促狹打了電話來，我用更冷靜尖銳的理性交談。他說吃不下飯又少了睡眠日子很空很難過，我漫不經心應和著，電話末尾我不知被什麼尖銳的椎點逼近腦門，沒有任何情緒。

掛上電話以後就冷冷地浮上一個聲音：其實我想你去死。

如此冷淡有禮的激烈。拉岡說，當我說「你」的時候，其實我說的是我自己。

最困難的不是現在，我明白。我只是不甘心，不甘心皮膚就這樣被一痕一痕劃下的疤一點一點毀壞，愈是拒絕那一路跟來的肉瘤就一夜比一夜長大。到了台北以後才知道有些刀刃是不能拿來對自己的，或許從很久以前就知道，只是不敢，一定是不敢，但這次近身的不是別的，是自己。刀柄刀刃，該握的是刀柄還是刀刃？那些外面的世界都飄在上空，那些人都專注於表面的浮誇在課堂在咖啡館在消費著對我而言無法被玷污的純粹，那些畫面都強烈鼠灰色，一近身就讓人索性疲倦的說：不要了。如果這是依賴否定性才成立的世界，為什麼我不能強硬地要：以不要的形式？負負得正，我真知道我要什麼嗎？

四月艱難如涉水。

過完了四月，很久很久以後，有一日，接到O的喜帖。我們已經有很多年沒有聯絡。帖子裡夾了一張便條紙：我要結婚了，你會來嗎？語氣平淡，帶著疏淡與禮貌的距離。帖子上照片裡的O站在一個陌生男子的身旁咧嘴而笑。我從來沒看過O那樣笑。她的笑靨被唇膏的顏色覆蓋，好像那咧嘴的血色只是我記錯的某件事物，好像她一直都是這麼合情合理的存在。也許，是電腦修片的技術使一切都模糊了起來，也許O從來不是如我想像的那樣尖銳、激昂、勇往直前。是年輕的時間捏造了我們自己。我想起那個夜晚，我在寒假的宿舍房間裡一個人寄宿著。O來到我的房間，她一如往常地拉開椅子坐在我的書桌前，我在書桌的上鋪半寐半醒地睡眠著。

忽然，從床下的書桌那裡，傳來了隱約的窸窣聲。極細微，像是有鼠類在咬嚙。窸窣。窸窣。窸窣窸窣。我安靜地坐起身來，抬頭看見房間的天花板，昏暗的日光燈管照得房間的四個角落都恍惚了起來。我忽然就明白了，那是O在啜泣的聲音。

終究沒有去到O的婚禮。我一如往常普通的一日在漫無目的的街道晃蕩，等待這個城市一班緊接著一班的公車。白日的馬路沙塵瀰漫，幾乎要吞噬掉日光。我站在馬路中央島嶼般的公車站，被不斷掠過，分不清是被擦過的什麼所輕輕帶動，又或者是身體就這樣不自覺地搖晃了起來。那時我隱約記起的不是話語，而是一些別的，色塊，最明亮最純粹初始的某種東西，空曠感。《憂鬱貝蒂》的最開始，黃與藍，分不清是黎明還是天暗。一些人在路上，一些人走了，一些人脫隊到不知什麼地方去，一些人很慢才來。沙漠漫漫，今天才懂得，行路畢竟是遙。

馬緯度無風帶

南北緯大約三十度處，由赤道低壓帶上來的氣流，向兩極擴散，逐漸散失熱量。空氣冷卻收縮，密度增加，於是下沉，形成副熱帶高壓；此帶風向不定，風力微弱，又稱副熱帶無風帶或馬緯度無風帶。之所以稱為「馬緯度」，是因為西班牙帆船裝載馬匹至新大陸，到了這裡，風力突然減弱，前進困難，由於飼料欠缺而只好把馬匹拋入海中。

——《地理》

一切就被懸宕在那裡了。包括四月。四月裡任何一座阻滯不前的樓梯，像壞掉的手風琴音箱，所有的聲音都被關在疲倦的凹褶裡。斜坡道的燈也一盞一盞地懸宕起來，樓房的燈，路旁的燈，提琴店招牌裡的燈，燈亮了以後有一把琴就那樣安靜地被關進櫥窗的玻璃，像所有季節裡的任何一種受困，連抵抗也沒，連細微的弦音也沒，連歌也沒。學琴的孩子背著黑色的琴袋沿著坡道走下去，再走下去，一點一點地降落到最底。

最底，整個城市的所在地，北緯二十五度。

但那裡不是我的最底，我的最底也不在所有地圖向南向北的平移，我的最底在我租賃的小公寓，我的地下室房間，整排，低潮公寓。

那是研究所剛開始的時候，巨大的城市和前進的必要，地面有太多毛躁的喧囂充滿修剪的需要，比方早晨九點鐘郵局窗口沮喪的排隊。比方長長的中午的食街老是堵塞過多的動物，吃的與被吃的全都撞在一堆。比方老老的研究室裡蜜蜂與透明玻璃般的反覆討論，竄飛的文字怎麼鼓翅就怎麼撞上透明的牆，所有人都在跟你伸手要一個理解。

我保持靜謐。我保持靜謐我會默背這樣一段《憂鬱的熱帶》：「如果他們真的是人類的話，他們會不會是舊約上所說失蹤的以色列部族的後裔呢？他們會不會是乘大象到那裡去的蒙古人呢？……他們到底是不是真的是人？」

回到我的地下室房間。便宜而永遠的居所。像是以太。

扭熄了一切，還有什麼是更黑的？我敲打鍵盤，每一顆鍵都像丟進井底，清脆地從心裡傳來回響。離地面太長，離自己太短，連郵差也沒有，連一顆門鈴的驚喜也沒有。只有大片大片的黑色瀑布懸吊在牆上，無聲，靜止，像黑髮。家具在瀑布裡睡著，電話在瀑布裡睡著，衣櫥傳來某種動物的鼾響，像旗語，從一個世界打進另一個世界，要求解碼。

那必定是一種很黑很黑的動物。或者蒙古人的大象。

而我到底還是不是一個真的人？又或者我就慢慢埋進這斜坡下方的土壤，我慢慢變成這房間的牆壁或者天花板，我安靜地蹲在最角落假裝是一台傳真機，我答答吐出別人傳來的信息。

他說卡夫卡的蟲就是這樣變成的。

我夾著話筒抱膝蹲著說我頂多只會變成無腦家具。我啪一聲關掉大腦的日光燈。他的話筒像沙包，像跋涉了整個春天的沙塵暴。但我的耳朵是低陷的窪地，我安靜地坐在一個洞裡聽他的消息。

他說。他說你那裡。比起從前。安靜許多。他說我幾乎要以為你不在地球。

我當然不在地球我說。但你也不一定就會碰到我。

我當然碰不到你他說。我連你的生理門牌都從來沒有知道過。

所有的傷口都攤在那裡了。當一切麻木的時候，唯有戳弄才讓人記取曾經的親密。很久以前，我們有很多很多的馬，那些馬也會站在甲板跟隨我們去整個黃昏的海洋。為什麼正確的氣氛已經過去，我們還站在這裡用腳撥弄著營火的將熄未熄？到最後連腳趾也炙燒，那炙燒就會是一種證據？他還在那裡，但我已經坐著，整個夜晚，我們身後的沙漠清涼無比。

※

四月的白晝如紗。五月揭開了紗裡還覆蓋著紗。五月的手指纏繞有更多的霧。

「為什麼這樣沉默？」他已經站在那裡。我們隔著餐桌，中間卻像有一片沙漠。

「沉默在下陷，我在下陷，你也在下陷。」五月的雨，剛剛洗過了四月的樹木，在地面無聲地垂落。好高的窗外有好多的腳走過，穿各種鞋。像盆栽，像一種逃亡的植物，可這裡只是容器，只負責張口，除了張口它也不會再有更多。

「下陷的要素是：意志。流沙。不穩定的氣流。」他說：「我有下陷的意志，我跟你之間也不只是不穩定的氣流。」

我們已經坐在這闃靜無光的地下室，宛如來到沙的孔洞。地面是無盡的日光與無盡的雨，街道接連著街道，街道過去還有街道，島生島，鞋生鞋，島島鞋鞋就有了海與路，原來同樣義無反顧。

但這裡已經在路之下了。沉積坐在這裡，岩層的紋路也坐在這裡，有什麼是伸手可及的嗎？沉默握著，不知什麼時候竟也沙一般地消融，空空的掌心只有空空的掌紋，像河流，像握住的什麼都會跟著河道漂走，我張了張手到最後卻只剩下河裡的石頭。

沉默與石頭相同嗎。他說。但或許石頭導致沉默。是什麼送來石頭？是河流？還是一雙爬滿掌紋的雙手？你知道沉默是什麼意思，沉默是你丟掉了手掌、河流跟石頭，你就得到了沉默。我以為我們在談論的是沉默，結果我們在談論的是那些被我們丟掉的河流。他已經伸出了手，但我已經連手也埋進了沙丘。

你需要的只是時間，而我需要的是坐在沙漠。他說。他的側臉有馬，像遼闊，像五月梅雨覆沒地面的海波，他好像試圖說服我，他的聲音充滿藤蔓都爬滿整座沙丘。可如果我再也無法打開？這跟年紀無關，跟二十四歲就讀一個乾涸庸俗的研究所亦無關，跟一場五月永無止盡的雨可能較有關，你知道沙漠降下的雨都落到哪裡去了嗎？落進一棵仙人掌的肚子裡？落進沙與沙的最底最底？有沒有人真正拿掃把掃開過那些沙去凝視沙漠的最底？那托著沙的是什麼？是一面永遠等不到月亮的瓷盤嗎？是一張從指縫不斷漏出沙的手掌嗎？是誰捧著一座沙漠來淹覆你的腳底？從腳掌到腳踝，從腳踝到膝蓋，你還要坐在沙漠的入口尾生抱柱？斜坡已經被拉得好長好長，像日子，像滾下去的一顆石頭，沒有盡頭的不只是日子或石頭，斜坡下也沒有一個薛西佛斯蹲在那裡做一個優秀的外野手。

五月使人撐傘。使所有的地心引力都在吸引一滴雨。

四月沉默如灰。如果沉默是一種物質，那也必然是四月。有一年的四月他和她重重地挫傷著我，那時我不明白那種沉默，我只覺得有大片大片的鳥從地平線嘎啦嘎啦地飛來，隊伍很亂翅膀很吵羽毛就不停地掉，好像是在哭，那些羽毛都是哭聲都掉了我一臉一身，我幾乎要生氣了，要教牠們不要再吵，我掩住耳朵蹲在地上，以為自己就會這樣漸漸地漸漸地縮小，那些聲音像一隻大鞋硬生生地踩下我的頭，我變得好扁好扁像一只空瓶需要回收。

那時還住在鐵軌旁邊的房子，還可以奔跑，不好的時候火車一來還可以跳，可以跟著一列火車去開拓山洞，去開拓整面整面夏天的北迴海。

不會有沙漠。

離開了以後才知道海不會一直跟來。整個夏天，從鐵軌旁邊的房子，遷移，綑綁，從東邊的學校移動到北邊的另一個學校，從濕潤的沼澤被重重摔進學術的無聊。郵局在那裡，市場也在那裡，所有的文明與辯術都在那裡，但我腳下的地底一片空寂。每天，我假裝成25°N的人到地面去，像一種間諜，蒙面，隱形斗篷，用流利的語言交鋒與交際，當我試著說一點30°N的話語，他們卻全都走避不及。

我只能來到這個，地底房間。

像一個遊牧的人收拾我的蒙古包，騎乘黑色的大象來到這個最北最北的城市。最北最北城市的地底，北緯三十度。無風。

你不懂得坐在沙漠是什麼。我說。

如果我需要的是跋涉，而你需要的是雙腳的意志，到頭來誰都在對抗下陷，我一舉步，你的地面就傾斜了，沙推擠著沙去靠近另一些沙，誰也沒有誰逃走。天花板上方的地面有車駛過，有一個星期天下午的雜沓紛紛踩過，有腳踏車沿著斜坡的人行道嘩嘰嘩嘰地滾過，這些都過去以後，整個週末的愉悅，就那樣消失在街口，我還有什麼可仰望的？一扇微光的地下室窗口？一個沙漠永遠吹不過的邊界？只是一條線，一步兩步可跨過，再過去竟也就沒有了，整個沙漠都在這裡止步。我說簡直我這一身的黃沙都枉費了，我站在邊界入口的村落看眼前的海水與鳥鷗。那些海水也不是我的，那些鷗鳥也不是我的，我有的是什麼？是身後安靜站立膽怯止步的沙丘嗎？是我伸出雙手掌紋河道裡一顆一顆的石頭？你要拿著橡皮擦一痕一痕地擦掉所有沙漠的界線嗎？橡皮摩擦地面，屑屑積累著屑屑變成另一座沙丘，你跟我，都變成一座不相干的沙丘。

不了掩耳盜鈴跟你若無其事的生活。我回不去我們最初的開始，開始的時候，只有清澈的雨林。零度。我於是走得更北，來到馬緯度。無風。我一匹一匹地丟掉那些馬，我一匹一匹將牠們推進海中，那些馬在海中就都變成了海牛，變成了那年哥倫布在迷航中遇見的美人魚頭。

他的聲音乾乾的，像在模仿沙漠。是幻覺？還是真正來過？是一場扎實的雨水降進沙漠，終於也成不了河流？我說，沙漠裡總免不了有很多海市蜃樓。

無理之數

某小說家說起童年初習數字時，在睡覺的床頭總會從模糊的意識底層裡拉起一條隱形的繩子，將這些看不見的數字1、2、3、4地往下排去。8、9、10大概就在床尾邊，11、12、13已來到了客廳大門前（有時尚且回頭與床邊的1、2、3並排成行），順著公寓的樓梯迴旋而下，從遼寧街到南京東路、從南京東路到整個城市數不清的路口，彷彿不來梅的吹笛手與老鼠般地；這些從二位數變成三位數、從三位數膨脹成數以億萬計的數字們，就這樣倒轉變成了遠方黑暗夜空裡的星星，被整條懸浮的繩索支撐起來。

我記得在敲打論文的夜裡讀到這段時，忍不住會心笑了起來。因為小時候我也有一條非常類似的繩索。那時我們住在高雄與屏東交界的一個小鎮上，而我們的房子又在這個邊緣小鎮的最邊緣。我記得幼年時的夏天黃昏，母親常常帶我去散步。沿著房子旁的小路往山裡走，起先會遇見林投樹，接著樹蔭漸漸濃密了起來。夏日午後的雷聲從極遙遠極遙遠的地方傳遞過來。可是我們什麼也看不見。樹林蓊鬱地包圍著我們，將我們兜頭罩下。母親與我的臉都陰暗了。雨要下下來了嗎？又或者這只是一個關於下午的幻覺？童年的我擔心地想著。

我指著山路兩旁樹枝上垂掛著的一袋一袋黑色的物體，問母親說：

「那是什麼？」

四周忽然陰翳。樹林飄蕩了起來，母親瞇著河童一般的臉孔對我說：

「是貓啊。」

我已經忘記那個夏天的傍晚，母親和我究竟淋濕了沒有，又或者我們其實一直被雨圍困在那座森林，和許多的貓在一起。那時的我既不知道山路的盡頭是什麼，也不知道樹林的外面有些什麼。我們總是騎很遠的車，到那像是夏季雷雨遠來的小鎮：買書，更多時候是買回一些衛生紙與沙拉油之類的物事。在母親的機車後座，公路的路燈一排一排地後退，我曾想過這些路燈就這樣一路無止盡地倒退下去，像一條繩索，只要走著走著我們就會到美國。我還記得小學三年級的自然課，第一次知道宇宙黑洞的事。放學回家後我問奶奶：

「你知道我們住的這個地方，上面是什麼嗎？」

奶奶搖了搖頭。我於是得意地說：

「是一個叫做宇宙的地方，有星星、月亮和太陽，而我們腳下的這個地面，其實是一顆圓形的大球。」

奶奶笑了起來。露出鑲嵌的假牙，對我說：

「我們所住的地方上面，什麼也沒有。」

奶奶死的時候身體彎成一個7。像一把枴杖。父親敗光了所有的家產，於是我們擁有一個很脆弱的葬禮。葬禮結束後父親就離家出走了。討債的人將我們的窗戶全數拆走，潑上（他們可能精心挑選過顏色的）油漆。很多年以後，母親告訴我關於奶奶的一切她已經全都忘記了，包括她們是如何在一間屋子裡爭吵或對峙，交鋒著屬於女性的心機。只記得奶奶被裝進棺木前的身體。那麼彎曲，像一枚鸚鵡螺，漂亮地發散著某種淡粉紅。母親說奶奶只有死掉時才會那麼地漂亮，像一個嬰兒。肉身是7，那麼與死銜接的胎兒就是8；8是兩個迴旋螺類往下交纏降落，從A到B，從B到A，莫比烏斯環。母親後來用這兩個數字簽了六合彩（且受到牌支組頭的嘲笑因為連號幾乎是一件不可能的事），沒想到竟得到一筆錢，將家裡被砸爛的窗戶全都換掉。某天回家，母親指著那些和四周牆壁的敗舊程度不成比例的全新窗框對我說：

「這一扇是7，那一扇是8，奶奶就藏在這些窗戶裡。」

我不知道奶奶是不是真的藏在這些窗戶裡。很多年以後，當我終於離開童年時代的那座小鎮，那座掛滿蜷曲身體的貓的森林，不知道為什麼，總有一種整個森林都吊掛著一個又一個奶奶的錯覺。奶奶的身體在樹下被懸宕得好長好長，像一個彈簧尾端因拉扯而終於失重的7，垂著小小的白色的頭。

我終於離開這座樹林，在大學的課堂裡學習艱難的知識，寫晦澀的論文。背起厚重的筆電爬一段幾近垂直的坡，抵達山坡上的研究室，談論那些與我無關的事物。冬天的城市尖銳嚴厲，季風吹來簡直是一種指責。整個冬天的早晨我越過廣場石子路上灰撲撲的鴿群，到一個陰暗的圖書館。圖書館裡有極高的書架和狹窄的走道，書庫裡的書輕輕一吹就有灰塵雪花般地飄散在陽光裡，懸浮降落。

從光裡降落，降落在光譜漸層的暗影裡，因為理解暗影才理解光。才知道光的內裡有黑暗。所有的物事光天化日，在光裡只是無干。我學習到將一顆蘋果從桌上拿開，桌子並不會產生剪影般的凹洞。我對那樣的蘋果感到非常羨慕。因為我試著將離家出走的父親作為一顆蘋果從心上移走，胸口的世界卻莫名地整個空掉了。只剩下父親剪影般的輪廓。從前我以為那僅是蘋果倒映在心上的陰影，後來某日伸了手進去掏才知道那其實是一個洞。洞裡有風，呼呼地通過。發出嗚嗚的聲音。

而其實那只是我中學時代寫下的一段句子。在一個離家遙遠的教會中學。午睡時間我老是趴在桌下的抽屜裡寫著沒有人明白的小說。在放課前的第八節課，我鑽進空無一人的教會大樓，大樓裡有一部老舊的電梯，往上爬升到最頂樓就有了一個小閣樓。閣樓的窗外可以看見遠處的球場上，奔跑的人群，緩慢運球的學生，還有那些漫步在圓弧形操場上的老人與狗。靠海的城市高樓多風，只聽得風吹得制服的裙襬啪啦啪啦作響。還有洞。別針般地別在胸口的左側，風一吹整個洞口就鳴笛般地作響。咻咻。咻咻。

曾經有很長的一段時間，我覺得自己並沒有因為父親的事而受到任何的一點傷害。無論那是倔強，還是僅僅只是一種自持。因為早在父親離家之前，我便已經擁有了那鑿刻在身體某處的洞。父親只是從他自己人生的軌道上傾斜偏移，不慎失足墜入了這個洞口，被豬籠草般的這個洞穴給整個吞沒，消化吸收。想起父親，還有這個洞時，我總是有一種非常飢餓的感覺。好像從來沒有真正吃飽過。但我喜歡這個洞就一直保持著空空的狀態，像一只袋子，可以裝盛許多東西，可以在洞裡藏匿一個小孩，可以隨手就拉出一條手帕或者兔子來。我與這個洞穴，一起穿越了故鄉山裡那片掛滿貓的樹林；穿越離家極近、母親日日騎車去眺望的海。有時它會像一個皮囊那樣可以從內裡往外整個翻出，將我反噬，把我密密地包裹，護持著我遷徙來去，如同童年時的那條數字繩索，從1、2、3、4……乃至於無止無盡，穿時越空。

而繩索的數字之中，總也有那樣一兩個打結窒礙的號碼，無論如何也無法被我以這個洞穴消化除盡。當我試圖將它吸納進洞裡，它總是繁衍增生出無盡延伸的餘數，彷彿自體分裂的細菌。隱喻牽連著隱喻。話語堆疊著話語。質量守恆。物質不滅。目下的一整條公路蜿蜒直至天際，我已在離家極遠極遠的異地。

我想起幾年以前的某一天，父親忽然來到我生活的城市。那時我與父親已經許久沒有見面。沒有人知道他去了哪裡，在什麼地方做什麼樣的事，和什麼人在一起。我帶父親到住處附近的學區餐館，面對面坐了下來。等待菜餚上來之前，父親一直非常侷促，囁嚅地問我什麼時候回家之類的話語。我還記得那是一家燈色昏暗的簡餐店，賣著小火鍋之類的物事。店裡的燈光把我們的影子拉得極長，低低地垂掛在牆上。我與父親，就像大學城裡隨處可見的親父與兒女，對坐在同一張餐桌的兩側，彷彿對弈。

晚餐結束，夜色昏暗。彷彿整個夜晚的濃稠黑色都在等待著這樣的一刻。父親終於對我開口，說：「……我來台北，看一個同事。他太太月初過世了。」父親的嘴唇微微地顫抖：「所以……所以你能不能借我幾千塊，包奠儀用……」

我不知道這是不是一個謊，還是父親自己杜撰出來的一個故事。還有那些虛構的死亡與人物。這些年，母親總是告訴我：不要相信你爸說的任何一句話。父親究竟是怎樣把自己的人生活成了一則小說？而關於虛構和死亡，你比起其他行業的同年齡人，何嘗不更清楚地理解，所有的虛構既在死亡之後，也在死亡之前。虛構是喪禮，有時你執行它簡直祭司般地行禮如儀。是憑弔嗎？你比誰都明白，還是僅僅只是一種佈置？像一種激活的儀式，對死亡說：醒來吧，請醒來吧。請醒過來看看我所裝飾的世界。

我把皮夾裡的鈔票拿了出來，並且問父親今晚住在哪裡？要不要到我的房間來睡（但其實心裡想著的是最好不要吧）？父親告訴我沒有關係，他會睡在台北的一個朋友家裡。父親且對我描述那個朋友就住在龍江路行天宮後面一帶一個非常好的地方。我點了點頭，我知道父親在台北是沒有任何朋友的。

我忽然想起國中時代父親最後一次教我數學。童年時算不出習題，會對我掀桌咆哮的父親，整個晚上和我在同一道題目周旋不去，無論如何也算不出解答上的數字。計算紙上畫滿紅色的數字，父親的手指沾滿暈染的墨漬；$\sqrt{2}$是2的頭上戴著的一頂大帽子。像魔術師。我心裡真想跟他說：不要把帽子掀開，否則帽子裡就會拉出一連串根本無從理解的數字來。我還記得搖晃的日光燈管下父親終於疲憊的臉孔，有著一種我彼時尚未能理解的成人的凹陷。他白日必須攀爬極高的天車，到煉鋼廠裡六、七層樓高的地方去修理開關。

「爸爸沒唸過多少書。」父親這樣對我說。

「以後的作業，我再也不能教你了。」

除不盡的命運。還有時間。$\sqrt{2}$打開是1.414213562……，彷彿未來一直一直來。父親那句話的意思是：就送你到這裡了。以後的日子，你要多保重。

我們離開了餐館，走進城市裡滿佈著霓虹夜招的夜晚。華燈初上，漂浮而搖晃的夜色，像一個永遠作不完的夢。我想起遠方家鄉的樹林裡，那些樹枝上一叢一叢吊掛的貓，是否也正螢火蟲般地點起了銀色的燈籠？

那個夜晚，父親的身影，很快地就被這個城市街道上熙來攘往的人群淹沒了。我不知道他最終會否被這城市幾千幾萬的人潮帶到什麼樣的地方，也不知道父親的手裡是否也握有一根守護著他的數字繩索，可以保他穿街越弄，不受妖邪侵擾。我只是背轉過身，與父親走在同一條街兩個完全悖反方向的道路上，懷抱著一種對任何人類都會有的擔憂與哀愁，忽然就像一個女兒般地沿路哭了起來。

春不老

開始那堂課的時候，我經常離開一張辦公桌，搭乘捷運到公館轉車。S會從另一個地方過來和我會合，我們約在羅斯福路與新生南路的地下道。

已經不是多年前那個貼滿白色破損磁磚、幽暗的青綠色日光燈管搖搖晃晃、走著走著就會幻想遇見十年前的陳綺貞，提一把破舊吉他箱在盡頭唱著〈讓我想一想〉的地下道。只有賣佛珠的攤子偶爾還會吉普賽人式地出現，彷彿某種大象遷移。老得好像生根植物般的放佛音的老人，還提著他的破收音機在地下道的盡頭播放著。那麼老，頭髮那麼白，總是戴著一頂藕色的小帽。有好幾次我總擔心他會不會就老得終於死了，如同那些街角重複出現又不斷消失的老人攤販。每次經過我都很擔心地想著。然而十年過去，老人好像被原地埋下般地存在著。像一顆底部被裝置了彈簧的石頭。一棵永遠開花的樹。而我們是河，夜夜流經，為此我已在佛前求了五百年。

那是我第一年以研究生的身分在學院裡兼課教書。九〇年代初期出生的孩子們，和我尷尬地相差十歲。不老不小。若相逢不相識，約莫是姐弟相稱的年紀。第一堂課講解完大綱，他們就緊張地問點名怎辦？缺席怎辦？期中與期末考的配分怎辦？我一說所以你們是已打算不來上課了嗎他們就全都笑了。兩千年時我也曾是這樣坐在台下訕笑的臉孔之一嗎。那時我初進東部的大學，是行動電話開始蓬勃的年代。從西部抵達一個遙遠的東方小鎮時，誰都有一支小海豚或鯊魚機。那是手機愈小愈好的年代，豈知走了又走不知怎地竟來到一個手機愈來愈大的時代。星期四的早晨八點鐘，教室後座總有那樣稀落昏昧的角落裡，坐一兩個低頭用手指滑動螢幕的學生。我來到這座教室的時候，四面無窗，日光燈管要亮不亮，那些手指像滑過黑夜的流星般，在漆闃的黑暗中劃過。刀柄一樣。

兩千年的時候，S在做些什麼呢。而我總想不起那些明確的時間裡，我在某個固定的地點、進行過某些重要的工作。也許那是因為那些都不是最重要的事。我總是想起一個前往海邊的清晨，後照鏡裡漸漸明昧的天亮。一個蹺課的午後。後來和什麼人去了哪裡都記不清了。只記得沿途永無止境的海岸公路，大海一直一直跟著我們。那些海，那些破曉時分就會四面張羅的海上的網，收束的時候簡直整個海面都傾斜了。還有那些一路耽睡到沙灘盡頭的石頭。昨夜的火堆在石頭裡熄滅，像夢一樣。我總以為那是多麼貴重的年少時光，可努力回想時，同行的人的臉孔，卻早已不記得了。我記得剛進大學時總有抽學伴這種活動，和一個此生可能再不會在工作領域接觸的男大學生比如他唸植物系，交換一個可能在下次更換新型手機時可有可無亦不會被沖積帶往新電話簿的號碼（09……）。你們一起進行一個禮貌性的早餐點著生疏的火腿與蛋。你們也許去一個四月的鯉魚潭夜晚觀察螢火蟲，在草腥露潮的黑暗夜裡維持著既陌生又彼此守護的謹慎距離，一前一後地小心四周窺伺隱伏在漆黑裡的目光與氣息。伴隨著初識未久的不耐與警覺。你心底簡直有個聲音問你自己你為什麼會在這裡？環潭公路暗下去一盞燈都沒有，終於你不甚耐煩地低聲說欸哪有什麼螢火蟲這種東西啊，前方的男孩忽然就彎下身去，夜裡你聽到他將食指放在鼻尖說：噓。他撥開腳邊蔓生的蕨類植物，夜露迎面沾染上來，你跟著蹲了下來，夜色裡一點兩點發亮的小光停在葉片上，星星之火，不一會就塵埃般地四散開來。還來不及辨識方向，黑暗迅速洶湧回來。四周暗了下去。在重複降臨的黑色中，你聽見那個如今已想不起名字的男孩低著聲音說：

「是春不老。」

不老之春。紫金牛。四月的星空也是金牛座。和你太陽星座的土象星叢呈一百二十度。土星氣息。單葉，互生，葉肉質。常綠小灌木。後來我再沒看過流星般消逝在夜中的螢火，卻始終一直記得這個名字。那是一條四月的公路，一次下坡的轉彎，一個清晨的天亮。天亮時我搭上一班往北的平快，老舊的藍皮車廂被風拍得喀啦喀啦作響。在一個無人的小站下車。剪票口的站務員問：你是從什麼地方來？要到什麼地方去？我說我從不很遠的另一個城鎮來，看到了海就下來了。

傾斜的海，車過了花蓮就不再見了。車過了二十二歲也不再見。很久以後我離開大學時居住的小鎮，往北遷徙，家具和書櫃漂流河道般地跟了上來。南部老家的家人早已四散，高中時代和妹妹共用的房間已沒有了我的書桌與床，再也容納不下一個長得太大的我。我和我的家具與書簡直像一支永遠寫不進歷史的史前隊伍，被時間帶往下一個房間。一個地點。一個臉書時代也不屑打卡的居所。一天翻過一頁，我忽然就站在早晨八點鐘的講桌上，在教室的黑板講一堂桑塔格。土星座下。講台下的學生不經意地將熱氣球放在手機的螢幕上，寫下比方和Alice Wang在文學院CB108。桑塔格說土星是最緩慢的星體。固執、猶豫，與遲緩。孤僻冷淡，總是錯失行動的時機。在漫長等待的、彷彿蟲洞般的扭曲鐘面上，耗費的日常終於成為環繞其周身的光環，以加冕它在時間中所失去的所有事物。

我不知道我是否擅長等待，是不是也是一個極固執遲緩之人。每天，我像幽魂一樣地來到這座學院，談論一些逸散的話語。那些蜂巢般佈滿孔竅的精密理論，像中學時代化學教室裡一座叫不出名字的儀器。有一些聲音在教室的上空邊緣裡被說，很快消失，黑洞一樣。我在蟄居的房間裡寫進度緩慢的論文，在日常的生活裡出發去一個市集買回牛奶與蔬果。在研究所的課堂上等待一堂艱澀的後殖民理論結束。我是如此厭惡那些政治性的話語一如厭惡房間中孢子植物般大量長出的發票。那些發票的林總物品名稱總是天羅地網般地陳述你今天去了哪裡做了什麼又買回哪些完全不需要的東西。我如此厭惡那些人說：即使你不談論政治，仍無法避免政治談論你。為什麼要談論這件誰都知道的事？下了課我就把身分從學生切換成老師，去另一堂課，灰頭土臉談論歷史、政治與文學。想起這段話時我在一個平常日的捷運車廂；車廂裡的所有乘客都在低頭滑動螢幕。我忽然覺得非常害羞，關於我的電話，只停留在按鍵撥打與收聽MP3的功能。同時又有一種安心的感覺。因為S也與我一樣沒有那種前衛的電話。

我們約在公館地下道。巢穴一樣的地點。連場所也不是。從地底開始，幽閉闃深，宛如孔竅。沒有人會在這裡朝生暮死地打卡。S說：「因為我想六十歲的時候還能見到你。」

六十歲的時候，新生南路與羅斯福路的交叉口，這個Y字形的地底甬道，還會腔腸般地洞開嗎？像一個裂開的孔洞，生命的起源，指向三個悖反又親密的向度。你每次總猜測S會從哪個孔洞進來，來到三條地道交接的中間地帶與你會合，可總沒有一次猜對。S像一個沒有徵兆的鬼魂般地出現，在你後方，使你驚嚇，又使你充滿困惑。而你一直站在這裡。這個中間地帶，彷彿所有時間河流的匯注點，被夜遊與晃蕩的人群所經過。夜夜流經，六十歲的時候，地道盡頭的老人還會點頭玩具般地端坐在那裡，等待著一個銅板的墜落嗎？白日裡課與課的交界，兩條路徑的中點，往哪裡去都可以，像極了你與S的關係。而你從一個地點移動向另一個地點，並且老是在前進的恍惚之中，被共線的捷運錯載往另一個城市的邊界。下列車往南勢角。古亭轉彎，公館便在地圖上遠去了。車廂忽然空曠起來。有一瞬間，我甚至忘了自己即將前往的，究竟是一個什麼樣的場所？車廂潛入巨大的管線之中，發出轟隆轟隆的聲響。廣播裡傳來女播音員的聲音：下一站，頂溪……。

這會是一段耗費的旅程嗎？S。

時間的最大值永遠趨近於零，從冬天倒帶到冬天。在地道中等待的時候，我想起那時我們踮起腳尖潛進中正紀念堂後方的針木林。冬日的傍晚樹林黑壓壓地一片，一個人也沒有。針葉密密地落著，像雨一樣。林間的小徑窄而彎曲，我壓低聲道就像黃昏的風被天空壓得極低極低：

「為什麼帶我來這裡？」

冬日的天光很快隱退，像一個理直氣壯的謊。黑暗會自城廓的四周漫漶過來，頃刻間就覆沒了整片樹林，像一個巨大的浪。S說：

「我們離開這裡。」那時他的臉將完全被黑遮蓋。

※

你曾想過也許換一個敘事，一切就會不一樣了。比方你怎麼知道被遮蓋的是他的臉而不是你的眼睛？你怎麼知道那黑色大片大片的布幔垂降時揚起的不是你的聲音？你可以說：「我們離開這裡。」或者你大聲地說：「我絕不。」「請你離開。」可是你從不說。你從不談論黑夜裡你必須恆星般等待。公轉自轉戛然而止，像電池忽然耗盡的手錶秒針那樣有天就忽然靜靜地死。死後連人帶骨被遺棄在宇宙盡頭的邊緣。一顆老去的恆星，紡錘般靜止在佈滿星體骸骨的墳場，連土星也不是。你晝伏夜出，在白日裡沉沉睡去，在黑暗的夜裡悠然醒來。白日裡你的論文、教室、課堂、市集都彷彿河中擱淺的石子，靜謐地被漆黑的河流磨礪與侵蝕。你從不談論它們有多可笑。你從不談論那些樂高積木般堆疊的白晝知識如何危脆、輕輕抽出一片就會骨架歪斜。你不和任何人談論。因為沒什麼好談。我為什麼要談論一件本來就知道的事？

S總是說，人與人只是關係與關係。親人關係。情侶關係。工作關係。朋友關係。夫妻關係。買賣關係。一夜睡眠關係。長年性伴侶。

這些都會在時間中消逝。

「但我想六十歲的時候再見到你。」

最後一次見面，你幫他把退租公寓的牆壁刷白。弄得衣領袖口都沾染了油漆。那是春天裡的最末一個禮拜。你刷了又刷將牆上那些油彩勾勒的插畫一把一把狠狠都刷去。你想像S剛搬進來時這個房間也跟現在一樣佈滿起源的空白。你想像一個人是如何在城市裡從一個巢穴遷徙前往下一個巢穴，像螻蟻般在地窖的蟻巢中四處鑽鑿，洞開一條又一條的時間甬道。十七歲的S。白制服的S。針木林裡黑壓壓蹲踞的S。孩子般的S。

手機嗶嗶響起了你就回過神來。倏忽發現你哪裡也沒有去。你只是在一個重新被佈置成開始的房間裡。那麼白。那麼乾淨。彷彿什麼也沒被濺灑。你忽然明白，所有的時間都可以被佈置成想要的樣子。你只是不願意。

S接起手機就順勢把你推進了浴室。一臉笑意。又做了個暗示的手勢。那麼自然，自然到門被關起大片降落的黑暗也如此自然地兜罩下來。你忽然就在整片的漆黑之中。門喀啦一聲鎖上。你忽然理解這裡、這個方寸佈滿廁盆、瓶罐與水槽的黑暗空間莫不正是你日日演練的場所？你日日演練自己是一顆在時間中等待而終於死去的小白矮星，在這個漂浮著即將退租公寓的浴室裡散落的瓶罐、像所有太空裡與你同樣失去重力的老廢行星，你挨著馬桶坐下，聽全然的漆黑中，門外傳來窸窣的電話聲響：

「都弄好了，我一個人一個下午就全都刷掉了。……之後到紐約，還可以再畫……」

四月結束還會有四月。每年都有一個一樣的四月。你從不跟人談論它們。就像你從不談論消逝。為什麼要談論一件已經知道的事？如同你們的未來。沒有未來。所以根本不必談論。你想起大學時代的那個四月的夜晚。小點小點的螢火像火光一樣，自葉片輕躍而起，倏忽熄滅。夜闇中你聽見耳邊傳來極細微的啪嚓聲。像死。又像打火石。敲打在地上石上嗶嚓嗶嚓作響。

流螢暫短。不老春長。

S終於再也不會出現在那個地下道。你日日重複自己的生活，宛如星體重回了軌道。你有嗎？又或者你只是一個被其他星體的軌道引力吸引而終究開始移動的物件，一顆等待墜落的小白矮星。如同淡水線走著走著忽然就各自了，再也沒有另一班共用軌道的列車，通往城市的另一個方向。下列車往南勢角。你老是在恍惚間就被錯載到城市邊陲的地名去：頂溪、永安市場、景安站……而永遠抵達不了公館。但如今已經不會了。你忽然明

近來最親密交談乃與7-11地中海型禿頭店員以兩塊十元銅板交換綠茶優酪乳一瓶。

二十二元，需要袋子嗎？

要。

我的索討單刀並且直入。麻利的那一種。

然後說謝謝。然後自動門叮咚作響。然後砂石車冷不防唰啦唰啦過去，玻璃門外的九號公路。

他說他今日沒有與任何熟稔不熟稔人物談話。

我說我今天有進步有開口對著話筒裡的你哼哼哈哈，我說如果外星人的間諜埋伏在我家的屋頂以我為範例觀察並且記錄地球人的行為種種，必會有以下文字以楔形出現：

……宇宙人種之一，面貌沒有新意，發聲器官常常發生轉移，有時鼻子有時嘴巴有時用奇怪頻率，常常對著奇怪長條盒子說話，可能飼養某小型動物於其中，但至於如何與動物密談之技術，至今我們仍無法準確測出……。

他在他的房子裡笑，我在我的，笑完了都沉默，原來沒有在一起。

電話掛上時真以為那動物進盒子裡睡了，斗室裡家具在漂流，繞著我和我的影子漂流，像遊樂園裡的咖啡杯，把兒歌抽掉時就僅有旋轉摩擦地面的聲音，咻咻的幾聲像什麼剛來過又迅速離開。

夏天的事了，米白色的稿紙攤開來有墨色的鉛筆字會自行降落。

並且去了幾趟不遠不近的旅行，但總出不去山。等火車的時候站旁的書店裡偶爾帶回一兩本書，搖晃的車廂裡上唇緊咬下唇唸出例如「自傳的『日記』今已不甚流行，失去信賴：這像是一個文字遊戲，人們在十六世紀時開始寫日記，自然而然，稱此為diare：腹瀉和生蛋白（diarrhée et glaire）。」會身體微微發起抖來。

腹瀉和生蛋白製造公司。

夏天就過去。

然後是九月，然後天光顏色深一點。

※

秋天從來就嚴肅。

我比較願意用meaningless的態度去解釋一切可解釋的，畢竟天氣開始變冷，橘子還沒開始賣，糟糕的美式咖啡機又哇哇叫，水和咖啡粉的比例沒有調好，他與我就著兩杯黑苦的咖啡取暖，不過是九月還沒有過完，簡直我們可以期待不久以後可能有一場雪。

雪是不可能的，畢竟下了會改寫歷史，他在讀我的稿子，我們上空不太遠處的天花板有燈光像雨下，他的髮亮卻沒有濕，閱讀的側臉像水剛洗過，洗刷我們的是紙頁上跳躍的字，他閱讀時我就唇齒咬動杯緣，把下巴靠在我們共同耽坐的那張矮桌上，肩膀是垮斜的，但眼睛看上空的光，看那些像雨滴一樣的字，在光束裡一個一個掉下來。

「意義對你是什麼？」他喝了一口咖啡，眉微蹙，煮壞的緣故，但門外是低溫，除了煮壞的便沒有更好，否則大可不要。要可不要可，但常常要不可不要可，你也來斷斷句好嗎？一定是有什麼使我們被窘迫到最角，從來有很多無聊。

「稿子裡不提供意義，不提供出路，你一定要找到解答的話，得靠你自己。」

「我能做什麼？你要我去符合它？」

「不是的，時間充滿落差與變位，你不可能去符合一篇故事，像挖了一潭大小深度都剛好的湖水能夠跳進去並且預知永遠不可能浮起，連拎斧頭的女神也沒有。」連詢問哪一把是你弄丟的都沒有。不需要。

我們老是討論主義，好像時代還在熱，但明明都是餘火。到最後每個主義都指向自己，我們傻得相信現象以及本體以及隱喻的關聯，找到隱喻所指的時候非常開心，像存活突然會有了意義，有一些非常浮躁的勇氣鼓勵我們繼續走下去，然後走下去，忽然隱喻又不成立，這次的被搏擊更痛，因為到底有沒有出口？

還是天氣更冷一點的時候會知道？畢竟我們會穿上厚厚的毛衣和外套出門去吃一頓好飯，袖口裡把每根指頭都伸展，攤開後變成一隻掌，但是他和我並肩，走在街燈都融融的人行道上，遠著看起來很近，但終究沒有交握。

就算最寒冷的時候，也要保管住自己的一雙手，別弄丟。

但其實還沒有冷到那樣的地步，我說起這套話時他問：

「我們不是又回到剛剛的題目上嗎？你不關心閱讀的人，所以你們要各自擁有？」

可是這是個人的時代了，還有人期望作品帶來拯救嗎？不過是一篇稿，一些詩，頂多有人會感動，頂多有人說好，但這些不是我要等待的。我要等待的是什麼？你以為是意義嗎？是誰忽然抖著雙手來告訴我他領悟了什麼嗎？我有點激動，必須喝一口咖啡，吞嚥的時候看向他，他像我看他那樣看我，你也要來斷斷句嗎？咖啡吞下了卻沒有話。

交談時聲音像空氣，平的，直線流過，無干擾。

「你懂得了我，但我不懂得你。」我說。

附近的瓜田採收完畢已經很久，九號公路上都是西瓜五十元的大扛棒，我在網路上流連過的大半夜有一部分掛站一部分打打字對空白的word說故事，故事說完了都住在電腦裡，有人說想聽才叫它出來跟大家說說話，覺得很好，像交換日記，有一陣子我用一本米白色稿紙，趴在矮桌上寫日記，幾個短句，一天就輕易。

快天亮時如果沒有睡去，索性拎著鑰匙出門，沿著風大闊靜的九號公路走下去，彎進村裡，小小的志學街上山東餡餅店，外省口音的老闆和唯一的座中客也是外省人也操奇怪口音一起嘟嘟噥噥講長字串，字串裡唯一聽懂李登輝的名字與他媽他媽，我要的三顆煎包配昨天報紙看，覺得生命極端貼近每一感官。

極端meaningless。

天亮時往回走，西瓜五十元的大扛棒睡在路邊塑膠棚下，棚裡沒有人，有好多西瓜。

我說，我今年，遇到好多不可預料的事。

我說我到底卻一直把持，我的個人主義，雖然的確常常從鼻孔吃吃地出聲，但尚沒有嗤之以鼻那種惡劣。

他的咖啡喝得很乾，像美饌，我們都不知道為什麼，畢竟看見沒飼金魚的杯底便以為盡歡，畢竟看見全家福的照片擺在桌的一角會以為快樂不過一支歌的漫長。

畢竟其實好多人在照片的後面向我伸手，有索討的也有正要給予的，我老是不接，我老是不敢接，怕會錯，這種錯和那種錯不同，我一伸了手，手掌便不被我自己保管，丟掉任何東西，都沒有這個來得令人恐懼。

畢竟會成為慣性，從手開始一路向外扔去，起先是掌，後來是整條手臂，把腳把鞋丟光後只剩下心，尚且會有人來取走他。

「意義這種事，他們問起時要我怎麼回答？我連定義都沒有，給什麼？」

有一天早晨醒來會覺得什麼都變糟，是感情的關係，與意義無涉。背起背袋蹺掉一整天所有的課走路去最近的火車站，用吃角子老虎的方式決定要去的地方，如果剛好是可以看見海的小站，也會在心裡匡啷匡啷像贏了整台電動機的銅板那種歡呼，奇士勞斯基電影《Rouge》的女主角，每天早上固定要做的那樣，拉桿，電動機跑動，三個框框裡葡萄蘋果777，沒有意外的獲得，今天就不會被拿去欠缺。所以不好的時候我常常抽到那些想要去的地方，那些海，那些山洞，開窗的普通車用山洞把窗外的海截成一段一段，一扇窗是一張照片，窗外被切開的海凝固，在它們各自的相紙上。

我說我的旅途裡總只聽見鬆動的車殼被風拍得啪啦啪啦好大聲，斜對角的座位有一個黑皮膚山地青年挨著角落坐，懷裡揣一隻黑毛小山豬，除此之外，四下就沒有其他的行囊。我也遇過背超大行李袋的旅人，在蘇花南下的巴士上，腳邊的袋子大得離譜，如果說眼前的這人是新聞正在報導的分屍案兇手我也不疑有他，那袋子裡裝的是什麼？是剛剛洗劫過的地方小銀行嗎？是目睹兇殺案的第三個在場者的手手腳腳嗎？然而駕駛座上的司機開始說話了：

「你要去哪裡？」

那人的聲音在昏色燈光的車廂被擰過。

「崇德。」是我秘密的地方，我秘密去過的海邊，這人去那裡做什麼？

「這麼晚，你要回家還是找朋友？」

司機說，崇德那段蘇花入起夜一盞燈都沒有。

「我要去、ㄐㄧㄝㄏㄨㄣ。」他說，說得很慢很不清楚，而且充滿鼻音。

深夜蘇花空洞搖晃的南下巴士，從日本漂向這島，一個人，背大袋，說詰屈聱牙的中國話，說要去蘇花的村莊娶新娘。

我說我比較相信移動，相信陌生的跋涉裡有一些故事會自己開展，我說我比較相信萍水相逢，像兩隻螞蟻在軌道上碰了頭，願意交換時打開行囊把故事都傾倒，不願意訴說時便擦身而過，過去也就過去了，不會再有更多。我說簡直我背袋裡的相機都多餘了，我要做些什麼？我要端起鏡頭喀嚓喀嚓將現象留下嗎？快門和消逝的聲音同步，海和旅人黃褐的臉孔，一被閃光燈收束就同時死在相機裡了，後來的人怎麼解讀？那天的海好藍好藍，那天的風和那天的日麗，那天的晴空萬里，好像掩飾得很好嘛，好像什麼都還握著，沒有失去任何東西。我因此這樣對張愛玲肅然起敬，能夠那樣一張一張看老相片的，羅蘭巴特是另一種典型，但兩人皆喜歡附加注釋，兩人都沒有太不強壯。

「意義都失去了，你寫稿子給我做什麼？」他說。

這是某一種拍攝，而且你注釋得更多。

我無可反駁甚至不要反駁，世界的本質原本就沒有意義，但我們不給它意義就會失去自己，就會消失，就會不見，勉強留著也站不住腳，畢竟連腳都不一定為我們所有。

我說我不移動的時候就踞著這矮桌的一角暗暗的光塗塗鴉，雖然夏天才搬進去的這房子緊挨著鐵軌的緣故，每天晚上都有火車輾過我的床我的牆壁我的地板，我全身會吱吱作響，終究卻沒有跳進去任一節車廂，外面夜太黑，外面的九號公路夜裡幾聲唰啦唰啦的風挾著車過去了，有時候水溝蓋裡還聽得到水流緩慢的鼾聲，極安詳，突然追尋和出走會被駁倒，突然聲音跳出來告訴你，只要生活，便好，我們一起把眼睛把鼻子把耳朵都關窗好不好？不要在意移動或者停留了好不好？就生活，就是生活了，好不好？

但我是不能掩耳盜鈴的。儘管所有的拍攝都指向沉默。

所有的拍攝都不過是腹瀉與生蛋白製造公司。

他收好他的專業，我收好我的，但我沒有停止拍攝，現在也沒有，只是不是拍立得，沒有立刻有相紙。我的咖啡也喝乾了，兩個空空的杯子看下去見底，簡直像抹布擰盡水後，乾乾的把答案懸吊在鐵釘上。

鬼才知道。

鬼才知道有沒有答案。

我說，我騎車時愛唱歌，愛自言自語，安全帽的透明罩裡好像一個小房間，唸幾個句子一首短詩一句喜歡的歌詞譬如一把沉默壓在胸口和厚重的心碎並肩走，譬如你不覺得她很適合譬如說奔跑？最不可干預的地方在那裡面，比書寫時還要安全。他說這是鴕鳥嗎？他說你緊張時也會把頭埋進沙堆裡說不知道不知道然後一了百了嗎？我說我不知道不知道，他說哎呀你現在就是了啊你現在頭就是在沙堆裡的了，休想這樣就一了百了。

外面是中秋，好遠的煙火在天邊招手，好冷的秋天來得太早，好無聊的街被烤得太熟，我想要的橘子還沒有紅，他說我們踩拖鞋到街上去吧，把風踩平，踩成一條線，五十元的西瓜們會邊打呼邊夢遊邊跟著我們的線走。

所有的散步都會把腳散掉，所有的話語都會沉澱在街道，聲音是瞬間的事，只有瞬間充滿意義，解釋瞬間的意義後來都變成故事，雖然的確瞬間的事無法留存。

Meaningless。

看照片時已經不再關心裡面的人物是誰，並且驚訝我也有那樣在相紙的許多人頭裡用手指尋找自己的年紀。

不過一張一張都是一場獨幕劇，有人演爸爸有人演媽媽有人是來賺外快的就演一個路人甲。最傷心的時候會說這種話。

「你的個人主義不是有心，是性情。」他說。

隨性就有真心。畢竟冬天就要來了，陳綺貞的MP3在電腦裡一輪唱過一輪，唱你的毛衣跟著我回家了，唱你曾經把它借給誰？

兩季在走，斗室無聲，現在還借不借得到繫住漂流家具的繩子？好高的路燈讓我的黑小人快快長大快快變強壯，溫度像一把利剪時也不會輕易把我們剪開，失語的時候不至於完全沉默。

向來都是這麼尷尬的區位。

火宅之城

再次我來到你的面前，是很久很久以後的事。在一個日常的社交場合，嘈雜的人聲與喧鬧此起彼落，伴隨著杯盤撞擊的細微聲響。所有人都領取到他們想要的。餐食。音樂。話語。人們端盛著托盤離開，又端盛著托盤回來。他們說：請給我這個。請給我那個。請給我再多再多。這原來是一個交換的場合。而我們已不再交換任何物事了。隔著落地窗玻璃，巨大的黃昏崩落下來，城市的底部，那些屋瓦那些細小宛如腸道的道路，竟顯得如此粉身碎骨。有一瞬間，我幾乎要感覺腳下的地板正在輕微地搖晃。我問：你是誰？你是一個陌生人士。為何我們站立在此？

這不是一個哲學問題。這是我生活的全部。

最後一日你宣佈：

「我是一個正常的人。」你就穿鞋大步離去。

而今我每日對著鏡子裡的自己大聲地說：

「我是一個正常的人。」像體操選手的規則喊話。海豹轉圈。拍手。而後滑行退場。聲音來回交叉撞擊在四面牆壁，像拓樸，又像某種印記。痛苦而扭曲的許多印記。我吞下一小片藥後出門去。

白天，在一個無人相識的工作場合，一張被安排給我的辦公桌，一架只儲存工作的電腦，我有禮地處理細節上的一切。

從那時候開始，我已不再妄想與這個城市的任何一切有關了。

※

屋外是繁弦流過的城市鬧區。衣著美麗的善男子善女子翩然過街。敦化南路上的車流老是在下班時間阻擋我，有時我激昂地想，這些事物與我是什麼關係？我與這個城市又是什麼關係？憑什麼它們可以這樣無禮地穿過我？

「進台北十年，我有時並不清楚自己是誰。」

「那是因為你是個異鄉客。」你闔上書本疲倦地說。

「不全然是那樣的原因。」我說。

有時，一日忽然降臨。凌晨六點鐘我醒來，房間被青色的淡薄光暈圍繞著。你翻身睡去的臉五官凹陷如貓。幾乎不是人間生靈。我有時會繞過你，起身到流理台去燒一壺熱水。熱水燒開的嗶嘰聲響中，你發出被打擾的聲息。我們的日常，如此孤獨的淡藍色房間，我覺得極愉快。

只是能記住的，都不是早晨了。

我只記得那些重複來臨的下午時刻。那些掛鐘上顯示著右半部的極正確氛圍。

「世上的一切都只是人與人的關係。」

「也包括我？」

「也包括你。」

傍晚來臨了，一日的最終，貪嗔老苦病死憂悲的下水孔，一切都排泄阻塞在這裡。

你不再說話。你只是慣常性地弓著背。轉過身去背對著我。我忽然覺得非常難過。你弓著背意味著將我阻隔在敵營的陣線。在話語裡，在你一手鑄造的論述中，你寧願死守論述的城牆而放棄了我。而當你遇到你無法回答的問題，你便大聲地沉默。

公寓裡，光影一點一點地斜去。退縮。終於再也沒有。家具在影子被拉到最長的瞬間，忽然被海潮般襲來的夜晚整個吞沒。

「我恨黃昏。」我聽見自己的聲音說。

※

一天就過完了一年。是誰的句子？一年以後，我在哪裡？哪裡也看不見。每天，我從城市的南端去到北端，有時是一個會議場合，和許多人見面。那些下午的日光裡總會有一條不知通往何處的道路；那些捷運窗外的天際線總是一次一次被推延向更遠；那些在任何時間裡都三兩出現的女高中生們小聲地喧譁著上車又下車；那些大樓那些會議後的談話聲線全充滿飄浮的粒子，那些景觀植物都強烈乾死。每天我打字，寄發信件，與人通話，每天我走一小段路，散步，買水果，復健似地做完這一整套運動，這就是我一天所能做的所有練習。

但我仍時常想起那扇門。隔著門板你的鞋子踩踏在公寓廊道的地板發出細微的摩擦聲。那些聲音像是星球般自遠古離去。以光年的距離。

此後你不再來到我的辦公室。只有那個下午。

曾經我們是彼此的病患。曾經，隔著一張沙灘般的長桌，我們赤足來到一個，無人海岸。

後來你先復原了。你大聲地說：

「我從來沒有生病。」

沙上為什麼沒有任何足跡呢？遠方，彩色泳衣的細小人影追逐著海浪，海面上有密密的烏雲席捲過來，向鋸齒狀的岸邊。沙與沙很快地掩飾起來，彼此覆蓋，沙丘在夜間匍伏前進，宛若夜行。而這個下午，我們又坐在一張長桌的直角兩側。呈現固執的九十度。

「為什麼回到這裡來。」

「今年以後我看不到明年。後年。甚至大大後年。」你說。

「看這麼遠要做什麼。」

「想看看你在不在那裡。」是你故意這麼說。是話語故意這麼說。

關上百葉窗以後，室內就陰翳了。窗外是盛放的夏日。幾乎燒灼掉整片樹林。隔著一面牆，我知道辦公室外的巨大公園裡，滿地都是喧囂吵鬧的光線。是光線？還是蟬的聲響？是夏天裡所有所有被凝聚的聲音？

一個高音揚起。而後終止在極高極高的日常。無法下降。我聽到自己的聲音這樣說。

「你明明知道，從來沒有存在過。」

在凝止的音階上佇立，像鳥。在不斷下陷的夜晚的流沙之中，我在沙中掘出了你的眼睛你的耳朵你斷裂如同鳥羽的眉毛；在這座堅硬的水泥牆外，巨大的黃昏倏地壓抑下來，夜晚傾軋過來了。

我忽然如此確切地知道。

我們的城市開始著火了。

千高原

我的一些朋友都紛紛活過三十歲了。年輕的時候，總有一群友人說絕不活過三十年。為什麼不是二九或者三一呢？想來這也是一個充滿記號的浪漫說法。記得某次聊天不知道是誰說的：「三十歲以後，就是換取的孩子。」而那時我們以為拒絕或者換取，都是可以選擇的。如同選擇一片海。一幢鐵軌旁邊的屋子。我記得十八歲時我告訴母親：「我想去那裡生活。」就這樣搭上長長的火車到了東部了。那時的我從不選擇未來，連意志也沒有。我與我的未來就像螞蟻與蜜之間的關係，所有的選擇都是一種路徑。只是沿著隱喻的洞穴，一個巢洞鑽過一個巢洞，就來到了縱谷之間的平原。平原上有風，冬日來時總是呼呼地吹著，像一個巨大的音箱，身體裡的每一個孔竅輕輕搖晃就流出一點水來。很多年以後，我才知道那些孔穴與孔穴間的甬道，承載著什麼樣的時間。不知在哪本書上讀到的：十幾歲到二十歲，日子總像飛的；二十幾歲到三十歲，每一年都是跌的過去。只是一個踉蹌，我已不在相片裡的故事了。

當年說這話的友人們，如今和我一樣各自居住在城市千門萬戶的某扇窗裡。獨居，散步，每日工作，慣於一個人進行晚餐的工作，並且從來只在地圖夢想旅行。有時我會做菜請一個朋友來吃。在小小的屋裡，冬天的寒氣將屋子整個包裹，像一枚果核，可以讓我握在手心取暖，一個人度過極長極長的、地底洞穴般的整座冬日。像是童年時代許下的某個願望：總有一天，總有一天，我必要遠離父母至親，到一陌生之地去生活……；總有一天，我將會完全感覺自己的意志與心靈，鉛錘般地沉沉握在掌心，一吋一吋，彷彿駛舵，帶我駛出童年的那座白色森林。總有一天，總有一天，我將會把疼痛的種子妊娠般地產下，如同母魚與卵，在某地隱密的洞穴裂罅，產下一棵可以遮蔽自己的樹。

可是真的會有那樣的一棵樹嗎？在這個潮濕多雨的盆地，夏天的暴雨總是將道路刷得一片晃白。每年春天跋涉至此的沙塵吹得一頭一臉都是沙子。還有冬日，極圈般昏暗而永無止盡的冬日。我真想把身上拖帶的一整座身世都埋進季節。遙遠的南方？還是一個比南方更遠更遠的地方？遠在記憶之前。每個故事的開端都是：從前從前……。像一個巨大的隱喻——從我三歲開始，父親每年總會帶著我與母親，搭上夜間的國光號，到那座摺疊在黑夜盡頭的精神病院，去探訪父親那從十二歲起即被隔離在此的哥哥。那時還沒有南迴鐵路。我們從高雄、屏東、枋寮、楓港……轉進夜色昏暗的腸道山路。車窗一片漆黑。什麼也看不見。但我知道黑暗裡一邊是陡峭的岩壁，另一邊則是深不見底的山谷。童年的我趴在車窗上擔心地想著，如果睡著的話，會不會尿床呢？於是一直忍耐著不肯睡去。而那像是被蝙蝠所窺看的車廂，搖晃著一盞極小極暗的燈光。等到迷濛間終於醒來時，天色霧茫，夜裡的車廂像夢一般地倏忽消失了，而我醒在父親的背上，像作了一個長長的、關於旅行的夢。

那幾乎是我對家族最初的懸念。一個夢境。夢裡的我總擔心自己會不小心睡去，並且在夢裡作一個永遠不會醒來的夢。如果醒來在一個夢裡，那麼醒來的這個我，又會是什麼人呢？所以我是如此地害怕在鏡子裡看見另一個鏡子。就像我的祖父、父親與伯父。他們面對面坐著時總像一面鏡子裡還有另一面鏡子，宛如五官亂倫的疊床架屋。童年時的我總是非常害怕，那些垂掛在臉上的、相似的眼睛耳朵與鼻子，只要輕輕抽出一塊，就會骨牌般地整個潰散崩落。伯父的病情時好時壞，每年都被分配在東部院區的不同分院。於是我與父親母親，簡直像是某種儀式般地，年復一年，在冬天盡頭的季節裡，搭乘夜間巴士去尋找一座四處漂浮的精神病院。那是我大學時代以前的一個隱喻。關於家族，還有關於他們有朝一日必會整群全部消失的預感。於是在後來的那些父親離家的日子裡，我總像是為了維繫著一根僅有且極細的鋼弦，一個人沿著童年時的記憶，到玉里的精神病院去。

那幾乎也是我大學時代每年四月的一種儀式。志學、壽豐、豐田、萬榮、鳳林、光復……一站一站，就這樣搭乘藍車廂的平快車到了玉里。四月的縱谷平原灰濛灰濛，有時落著細小的雨。我沿著鐵軌走一小段路，以為那就是那個四月我所知道的全部。

我不知道他是否認出我是他弟弟的一個漸長漸大的女兒，又或者只是把我當作一個年年來訪的奇怪訪客。我甚至不知道他是否因為等不到那個每年都來看他、幫他戴上冬天小帽的女孩，而終於鋼弦細索般地斷裂而死去了。他死的那年是我唯一沒有去看他的一年。那一年的冬天極冷極冷。我在一年的最後一天，一個人在空無一人的辦公室裡工作到午夜，並且拖帶著沒有情緒的身體回家。感覺非常非常地疲倦。我一點也不想去關心任何一個人；關於未來，關於即將出發前往的明年，還有那些明年的明年，日復一日，越過了高原還有高原。我記得最後一次去那河堤上的精神病院，整座天井好搖好晃的天光，流水一樣地散落在地上。一千零一夜。他也有過那連綿不絕、彷彿剪紙般一串又拉出一串的一千零一夜？莎赫札德對國王說：我說一個故事給你聽，請你不要讓我死；從前從前……

時間牢籠。有一日醒來我就被關在一個永遠的今天。日日重複一個昨日的記憶，並且永遠對明日許願，就像我二十歲時所唱的那首歌一樣，再見明天明天只在我的夢裡面。二十歲的我們在小酒館裡且歌且哭，談起三十歲的死像一個碑記。並且僅止於談論。誰去那碑記的後面死過一回又重新回來？於是我們所談論的，不過只是一個關於旅行的夢，一個預言，又或者其實我們所談論的是一張關於明天的地圖。很多年以後，當年一起在酒館裡的友人告訴我，那是因為那時的他怎樣也想像不到關於自己的三十歲。「我永遠不可能結婚，和另一個男人擁有家庭。也不可能回南部的老家去。」他說。三十歲以後，他就真的這樣生根植物般地被種在這座城了。

而這座城的廓線日日都在移形換位，有時彷彿一個謊。藍色的板南線每年都有人跳軌，並且跳軌的地點永遠都在西門而不會是忠孝復興；你敢嗎？你敢的話就在尖峰時段的早晨九點跳下忠孝復興隨便一個月台，整個月台擠爆的上班人潮都會在台上和聲教唆：輾過去吧！輾過去吧！不要延宕我們打卡的時間！

於是它終究成為一個計劃，並且也永遠只能是一個計劃。像浦澤直樹的《20世紀少年》，被秘密地埋藏在某一年的冬天，一個關於明日的傳說：在明天來臨之前，我必會如同那個預言所說地死去，死在三十歲前的碑旁，無所憾悔；在明天來臨之前，我要以一個死亡的許諾，召喚那橫跨過死亡後的，一個永遠的明天。

然而明天一直沒有來。來臨的是那偽裝成明天的未來。空白而肥大的未來，如同底片的捲軸唰一聲地在烈陽下拉開，大片大片的曝光與反白。你日日死過一回又日日復活，日日走一遍相同的街道軌跡生活的路線，日日用同一個馬克杯喝水。日日複習那個一說再說的故事：從前從前……。直到從前在敘事裡被一再地擦拭，像一條再也擰不出水的抹布。從前從前。我們終於不再有從前。

輯三——光年

將道路走成一個彎，穿簡單的鞋。
我是如此持重地穿入九月
在身體埋下一顆種子，彷彿懷一個孩子。
到了冬天，牠會不會種出一種年老動物？

後來，綠色的郵差經過我的窗口，我想問他，知道L的消息嗎？

他有一口大袋子。每天，沿著坡道的人行道，一個公寓一個公寓地餵食著，把信件塞進紅色的信箱。我覺得他好像一個綠色的聖誕老人。不過，袋子裡裝的不是禮物。是空白的紙。

也很像動物園裡的飼養員。帶來食物與飼料。放進木槽。對著柵欄裡的動物說：「請多吃一點。請盡量多吃。」

星期天的日曆快要撕完，十二月來到了盡頭，已經是今年的最後一個週末，但是，城市有一種藍色的寂靜，靠近耳膜。

隔壁房間的最後一位房客，按了按我的門鈴，跟我借了繩索。

「我要把行囊綑綁在自己身上。」她說。

「不用貨運嗎？」我把繩索遞給了她。她的臉孔因為勞累的緣故，顯得非常疲憊。

「不會再有貨運的車來了。」她說。「電話已經打不通，而且，也不會有接的人存在。」

「要去很遠的地方嗎？」

「嗯。總之，會先各處旅行。」

週末的下午看不見雲上的島嶼，只有密密的雲層，和永無止盡的陰天。

城市裡的信箱好像都積了雪。但其實不是雪。雪的預警在氣象預報裡，顯得非常微弱。冬天愈來愈冷。L沒有捎來任何信件。他一點也不知道，每天，我在這個窗口，為他所做的事。

「從這裡看出去，沒有建築物的阻擾，可以看見冥王星。」那時，在夏天夜晚的窗口，使用著天文望遠鏡。L這樣對我說。

「已經這麼靠近了嗎？」

「還會更近的。」

「冥王星是一顆矮人的星，所以，它也居住在宇宙的矮人森林裡。」在漆黑的房間裡，看不見L的臉。但是，L的聲音卻很清楚。隔著像是幾萬光年的距離，從空空的光之甬道裡，向我傳遞過來。L究竟有沒有說話呢？

「所謂的宇宙，就像載著各種植物的地毯，在無邊的黑暗裡飄浮，所以，森林也會慢慢靠近彼此。黑色的森林、藍色的森林、雲朵般的森林、有湖泊的森林……」

「星星也會死亡嗎？」我謹慎地問著。

「會的。會生病，也會死亡。」L說。

「死後的星星就會被運送進那些森林，永遠地埋葬。」

說著這些話的L，在夏季結束以後，就與我道別，從這個世界上消失了。或許，L也像是天空裡飄浮的星星一樣，被運送進某個我所不知道的森林。L的臉頰那時像星球一樣離我好近好近。倏忽又遙遠了。

冬天的夜裡我把望遠鏡收起來，天空是一片的灰暗。沒有星星，每天晚上，我沿著街燈明滅的坡道，提一袋蘋果，走很長的路回家。

坡道的公寓幾乎已經淨空。沒有人聲。冬深一點的時候，電視機裡只剩下氣象播報台，其餘的頻道，都是沙沙的雜訊。

氣象播報員穿著夏季的夾克。他身後的衛星雲圖上，佈滿高氣壓的等壓線。

「明天會是個好天氣。未來一週晴朗無雲。」

但是，窗外的陰天，為什麼這麼茂密呢？

或許，這其實是夏季某日的氣象。被穿插進電視機裡的某個頻道，像是錄影帶般地被重複播放了吧。於是，我有了一部氣象預報的電影。夏天的播報員，看起來很年輕，好像一結束工作就準備進行野餐。夏天的衛星雲圖上，從雲帶裡長出了漩渦狀的颱風。

那樣的颱風，在夏季的海平面上消失了嗎？變成海水，來到冬季的海洋。只要還有太陽存在，總有一天，會再回到天空，成為很好的雲朵。

沒有正確的天氣預報。沒有日曆。每天睡醒，看見了窗外的白光，就知道是一天了。今天會是什麼樣的天氣呢？每天，我起床，刷牙，喝牛奶，從衣櫃裡挑選最喜愛的衣服，到街上去。街上的店都關閉了。只剩下佇立的自動販賣機。有水果、飲料、食物，有各種需要的東西。他們離開前，把城市裡的一切，都做成了自動販賣機。

我投了幣，硬幣掉進機器的底部，傳來非常清脆的聲響。罐裝的熱咖啡咚一聲掉下來。在空蕩的城市裡形成回音。我捧著那個，到坡道外的河堤上，拉開拉環來喝。

綠色的郵差偶爾也會過來。在送信的途中。我們並肩坐在河邊的草地上。

「你在等信嗎？」他說。

「我沒有在等待什麼。」我說。

「天氣愈來愈冷。」他說。「後天開始，要下雪了。」

「是的。」我點點頭。

「你在做什麼呢?」我指了指他的袋子。

「送信。」

「但是，這座城市裡，已經沒有人了。大家都走光了。」

「我知道的。」他點點頭，說：「但是，必須要這樣做。」

「我的工作只是傳達而已。只要有需要我傳達的人存在，就必須工作到最後。」

河堤的對岸，也是空空的大樓，沒有人聲。馬路上少了汽車，變得好寬闊。窗框、透明電梯、大樓外高牆上的直立看板，不知道為什麼，看起來像是一個抽屜裡的整齊方格，把世界切成一片一片。

「這座城市裡，還有別的人類嗎?」我輕輕地問。

「有的。」他說。「也有留下來的人，專程等待著別人寄來的信。我想，他所等待的，一定是非常重要的東西，所以，才會一個人住在那像是縫隙的公寓裡。這時候，信件就變得十分重要。因為那是活著的證明。」

河水從上游慢慢冰凍，偶爾，會有浮冰漂過我們面前。河裡的魚好像潛到更深更深的河道底。甚至，順著河流，到水溫更暖濕一點的海洋去了。水面的倒影看不見河底的水草，只有深深的、彷彿整個宇宙般靜止的深藍。之後，這條河會被完全冰封，成為冰的國度。

綠色郵差站起身來，拍拍褲子上的草屑，注視著對岸的大樓。

「降到零下五十度的那天，我就要走了。」他說。「離開這裡到南方去。」

「道路也會結成冰嗎？」我問。

他點點頭。

「什麼都會被冰封住。大樓、樹木、高塔、紅綠燈、百貨公司……，會變成一個冰箱裡的世界。一切會變得非常透明。」

啊。如果可以。真想看一眼那樣的世界啊。

「你看這個，」他從上衣口袋裡，拿出了一封信件。「是觀測站的人寄來的。」

「下次雪融的時間，是兩百萬年後。」

南極的陸地漸漸靠近了。我有這樣的預感。城市裡的人聲愈來愈少。公寓一樓的庭院裡，爬滿芒草。進入了冬深，綠色郵差也不再來了。所有信箱裡的信件都發著抖。

夜裡，夢見破冰船割裂冰塊的聲音。嘎吱。嘎吱。空蕩蕩的船上只有我一個人，在怎麼樣也找不到出口的房間裡，一扇門穿越一扇門。

門打開了還有門。我一直一直不停地奔跑著。在傾斜的船身。聽見破冰刀一刀一刀將冰塊切開。門打開總是一大片一大片的黑。直到我握住了下一個門把。扭轉。夢境在重複裡迴旋地傾斜。

黎明般的光從門外拍襲過來，我從睡眠裡睜眼醒來，是天亮了嗎，好像也並不是。房間卻宛如白晝一片亮晃。這是個很白的夢。

走到窗邊，拉開窗簾，強光從窗外撲照進來，令人無法直視了。

「啊……那個是……」

從窗口眺望出去，遙遠的城市盡頭，燃燒著這個城市裡最後一批的煤油，在夜色裡，那潔白的、像是嬰兒般的火箭，靜靜升空了。

Pluto。

我唸出聲。冥王星號。

冰霜慢慢地爬上了斜坡。像是苔蘚。覆蓋住公寓的牆壁。信箱。庭院。樹木凝結成白色的手。我打開窗戶。想讓白色的冰之手。伸得更進來一點。

「在這個房間裡，晴朗的時候，可以看見冥王星。」

彷彿，聽見L的聲音這樣說。

「如果可以，我會在冥王星上揮揮手。」

房間已經沒有電流。流理台裡，水龍頭也滴不出任何一滴水。水管都凍結了。我靜靜地在地板的中央平躺下來。

窗外，有一片雪花飄了進來，落在我的鼻尖。慢慢地，濡濕了。房間四周的牆壁，結成了薄薄的冰霜。遠方火箭發射的光透過窗戶，打在家具的表面上，一片亮晃。

我是不是這個城市裡，最後一個人類呢？

兩百萬年後，我會在這個箱子般的房間裡醒過來嗎？雪塊漸漸融化，從我的臉頰流淚般地褪去，兩百萬年來，我凍結的雙眼，隔著雪塊，始終凝視著窗外無盡的星空。

如果，醒來的時候，剛好是夏天就好了。電視機裡會播報著低氣壓的消息，人們在騎樓下躲著午後雷陣雨，野餐回來的孩子們，穿著雨鞋，在窗下的斜坡道上奔跑，濺起低低的雨水。

非常地，非常地溫暖。

二〇八二年的最後一天，結束了。

用眼睛開花

支離疏搬進來那天，我的門鈴壞了。我剛結束一個長長的，長長的旅行，那好像是一個必須越過很多很多山與海的飛行，動身前我忘記關上浴缸的水龍頭，電梯將我送到這公寓的第十樓，我的旅行箱底座滑輪因我用力的拉扯卡在電梯門口小小的縫隙，電梯門很快地闔了起來，那只黑麂皮的旅行箱被夾在中間，我扠起腰，轉身往十樓走廊的最後一扇門走去。支離疏蹲在我家門口。他在地上畫圈圈。

你是誰？我問。

他沒有回頭，他的黑色髮旋對著我像一張嘴巴般地開闔並且發聲。

你家，（他張開髮旋說。）你的家，長出了河流。

水流開始從門縫裡緩慢地滲透出來，一種黏稠的蔓延，我尖叫起來，在那個長長的，長長的公寓走廊上，我轉身沒命地奔跑。

而支離疏和我的旅行箱卻那樣安靜地，各自坐在原地。

時候是一隻小指，有的時候是我與媽媽相像的薄弱的耳垂，直到有一天，我什麼也不剩。

我知道那一天肯定會來臨，然而我仍然非常非常地開心，並且比從前更加喜歡著支離疏。

有一天我的臉孔一定會什麼也不剩，就像一張待填的試卷。

那時候，支離疏一定會將他頭髮上偷來且秘密藏匿的眼耳鼻口全數傾倒在地上，然後，用一張拼圖的耐心，坐在那裡替我尋找最合適的器官。

上吊者的小屋

在租屋網上找到的那個房子，坐落在蓋有小屋的靜巷裡。網頁的主人這樣寫著：三面採光，良好通風，附簡單家具吊扇，夏天涼爽，冬天溫暖。

真正到那個房子去看，是夏天午後的尋常一日。三點鐘的日光還很強烈，照射在巷子的小路上閃閃發著光，兩旁圍牆的樹蔭，安靜地在河水般的光線裡睡著。這裡離鬧區的馬路有點距離，聽不到車聲。夏天的日光曬在皮膚上有點刺痛，麻麻的，又有一種舒坦的感覺。小屋就在那條道路的盡頭。

真的是古老的房子。租金非常便宜。年初時工作的雜誌社倒了，幸好也存了一些錢，靠著打工總算撐到了現在，不過，原本的房子租金太貴了，所以只好搬家。

屋主還沒有來。我站在樹蔭下等待著，邊漫不經心地打量起眼前的小屋。

是這一帶走幾步路偶爾會突兀地出現的日式房子。大學時，我常騎腳踏車在這附近閒晃，朋友K告訴我，這些房子都是以前教授們的舊宿舍。

小屋不像這條巷子其他的屋子那樣，蔓生著荒廢的雜草。從圍牆外踮起腳尖，能看到牆裡修剪整齊的花木，擺放著美麗的盆栽。廊簷下，落葉一小堆一小堆地掃在一旁。小小的庭院裡有一棵不知名的樹，開滿了夏天的花朵。那些花是鮮豔的黃色，跟臉一樣大，垂吊著長長的花芯。蟬聲就從那看不見的樹葉縫隙裡傳過來，嗡嗡嗡嗡，嗡嗡嗡。

那樣的聲音出現在午後無人的巷道裡，使得夏日的光線，也喧囂了起來了。我有一種被這不知到底是蟬、還是日光的聲音，阻絕在某個空間裡的錯覺，那時我覺得，夏天真的好吵啊。

穿著白襯衫的屋主從巷子那裡跑來。我們姑且叫他A。A邊擦著額頭的汗邊跟我說，對不起，遲到了，因為停車位一時怎樣也找不到的關係。我說，不要放在心上。我沒有等很久。

A從口袋掏出鑰匙。單薄的兩支，彼此撞擊，發出微弱的單音。A用其中一支打開了圍牆的門，庭院裡，就如同牆外所看見的那樣。軟濕的土壤踩在腳下，有一種微妙的感覺，隱約像踩踏在柔軟的什麼之上。A又用另一支鑰匙打開了屋子的門，這扇門好像很久沒有被開過，鎖孔有點困難地轉動著。灰塵先是從門縫裡噗噗地揚起，老舊的木頭喀喀作響；隨即，拉門推開，大片的光河水般從屋內湧來，陰涼的廊簷瞬間明亮了起來。

小屋裡，什麼也沒有。木質地板反射著整片窗外斜斜照進的日光，像是沙灘一樣。我站在海潮盡頭的玄關。夏蟬叫得更大聲了。

不知道為什麼，A在那個時刻，並沒有像其他房東那樣，絮聒地介紹起屋內的一切。A只是非常安靜地站在我身後。

光線的盡頭，有一個東西吸引了我的注意。那是窗台邊，一個被光搖晃得輪廓模糊的黃色螢光物。我微微瞇起眼睛。

感覺瞳孔縮小，光線被調節成剛好足夠辨識物體的流量，我看見那隻黃色雨鞋，就安靜地坐在流理台邊的窗上。

那是一種奇怪的黃色。被光線的水流沖刷、洗滌，變得更加迫近而刺目，令人忍不住要伸手遮蔽這逆光的視線。在遮蔽裡，不知為何，總感到一種像是瘋狂，卻又無以名狀之物，從那破裂而溢出的鮮豔黃色裡，流瀉出來了。

「這裡是個好房子。」身後，A突然安靜地說了。

「從前，是我父親和學生共同討論功課的地方。」

「廚房還在的時候，母親總是在這裡烤著餅乾。偶爾也做炸年糕之類的甜點。父親的學生們就在像今天這樣的下午，騎著腳踏車到來。腳踏車煞車時發出了嗶嘰嗶嘰的聲響，即使坐在這個房間裡，也能清楚聽見。」

A的聲音，像是投進井底石頭的回聲。非常清晰，而且被單一指名地投遞回來。回音從空蕩的房子四周傳來，又逸散在透明的、彷彿無介質的日光裡。蟬聲轟隆轟隆響。

彷彿變得大聲了。嗡嗡嗡嗡。嗡嗡嗡嗡。

可是，在那噪音的極大值處，不知道為什麼，有一種波長拉到高原的狀態。忽然，令人覺得靜極了。

窗外，可以看到庭院裡的樹，人臉般的花朵，躁鬱地盛開著。那奇怪而濃郁的黃色，像在對著窗邊的雨鞋說話般地，遠處，腳踏車煞車的鐵鏽聲，嗶——嘰，傳來了。

「啪」一聲，吊扇的按鈕打開，天花板上，扇葉緩慢地轉動起來，陰影打在地上，終於隨著速度，變成了一個圓形，一個輪狀滾動的圓形。

身後，傳來A的聲音：

「電力也是正常的。」

「我母親偶爾會來打掃屋子。她來的時候，就會檢查電箱。」

「這裡有租給別人過嗎？」我問。

「有的。不久之前。不過他們住得不久。」A說。

「對了，這裡還有一個房間。」

我跟隨著A的腳步，來到起居室隔壁的一扇小門。小門沒有上鎖，A扭轉門把，發出喀嚓喀嚓的聲響。

探頭進去。那是個牆上只有一面鏡子的房間。四面牆壁，都沒有窗。

鏡子映照出我的身影。大概是背光的緣故，身體的輪廓，不知怎地，有一種深描的線條。像從那鉛筆線條般的輪廓處洞深的海溝似地。身後，A陰影般地站立著。

不知道為什麼，我慌亂了起來。

為什麼蟬的叫聲這麼大呢？

為什麼這個鏡子會在這裡？

為什麼窗邊有一隻黃色的雨鞋？

為什麼樹上，開滿那鮮豔顏色的黃花朵？

A忽然消失了。

我跑出那個房間，日光大片灑在起居室的地板，奢侈而瘋狂地發著光亮。吊扇啪嗟啪嗟地，規律而機械地發出聲響。陰影拍打在我的肩膀上，漩渦一樣。

A到哪裡去了？

他好像說了「我去拿個東西」這樣的話，可是，又好像沒說過似地。我不知道我是否是為了合理化他的消失，才編造出他的話語，但是，他的聲音像是星球般，確實靠近，而倏忽遠去了。我究竟聽到了什麼？

啊。一定是因為蟬的叫聲，太大了吧。

傳來細微的聲音。從房子的角落。

那是單調的聲響。只有一個音階被揚起。

木質地板的深處，好像傳來腳步聲。那聲音，像拎著鑰匙的某人，從地板底下，裹著紗布般來了。

這是發生在七月左右的事。

父親

年輕時寫的小說被朋友P君說：為何你故事裡的人，總有一個詩意（且幾近不存在）的父親？而母親總是家庭劇場裡唯一留下來和女兒對峙的角色？幾年過去後重新回想起這段話，我想到十九、二十歲時的離家時光，開始獨居的日子。那確實也是父親真正從我們的家庭劇場離去的時間，奇怪的是我一點也沒有感到過哀傷，甚至有種早該如此的感覺。童年時的父親是個不擅言詞的男子，擁有甲狀腺亢進的宿疾。我還記得小學一年級的數學作業，因為解不出習作上的算術問題，父親一把掀掉我正在做功課的小甜甜矮桌。由於整個過程實在太突兀，以致長大以後在希臘神話的課堂上讀到海神波賽頓時，總是沒來由地想起了父親。那當然不是他所願意的，只是一種腺體的激素分泌而已。童年時代的我如此理解憤怒。於是在長大以後的許多亟需激情的場合，我總是本能性地用一種觀看顯微鏡筒裡切割葉片的細胞般的態度，讓自己從漩渦的核心隱退下來。童年的我告訴自己：父親並不能傷害我。

父親的膝蓋裡有一塊鐵片，母親說那是年輕時因工作受傷所放置的，用來支撐左腿的關節。在我的身高尚不及父親大腿一半的年紀時，這條傷疤日日都來到我視線的水平範疇，取代了父親的臉孔。它像是一條神秘的拉鍊，通往我與父親之間共有的那面瀕臨懸崖的海溝。我有時會想像那塊鐵片，在父親腿骨的組織間蜉蝣般地漂流。以致後來當我想起父親的側臉時，不知為何總必伴隨著那條鋸齒狀的傷口，像是被針所縫補過。父親在我的小說裡，成為高帽子的廚師、離家出走的寄居蟹、單腳的加西加卡吉普賽歌手……，小說裡的父親總像從馬奎斯的南美洲森林裡走出的人物，熱烈、詩意，擅長魔術。在那重複性來臨的書寫之中，我漸漸遺忘了父親真正的臉孔。

我忘記第一次被父親高高扛起在肩頭，差一點就能觸摸到日光燈管的驚恐顫抖。我甚至忘記那時的我是一個多麼不安的女兒。自閉，瑟縮，害怕人類。可以耗費整個下午觀察水溝蓋裡不斷湧出的蟻群。父親總是在傍晚回來。我們出發去一個街角的書店。那是九〇年代初期鄉下普通得無法再普通的書店，混雜著黃昏水果店與麵攤的吵雜聲。街燈剛剛亮起，天還沒有全部暗下去，呈現一種透明的藍色。那種藍色使四周的一切都陰暗了下去。

父親從那樣的陰暗中抬起頭來，隔著背光的書架，他瞇著狐狸面具般的臉孔，微笑地俯身對我說：「長大以後，要不要當小說家？」我非常訝異地回視了他。我不知道父親為什麼要對我說出這麼暴露的話，也不知道父親是否明白他所說出的是一個多麼可怕的暗示，暗示我們此後必將永遠處在佚失與追捕的迴圈之中。而彷彿為了防止這個預言成真，此後我再也沒有給父親看過我的任何一篇文章；但是，即使是如此，父親仍在我十八歲的某一天夜裡根莖植物般地原地消失。我忽然理解，所謂的語言，就是命運。父親離家以後，我總想不起最後一次看到他的臉孔，五官的排列組合。我只能想起那個童年時代與我的視線齊高的膝蓋傷口，還有那塊看不見的鐵片，魚一般地割開了記憶的薄膜。十年以後父親重新回到家，彷彿出門遠行的尤利西斯，沒有人知道他去了哪裡，是不是也在航行的路上受過賽倫海妖的引誘。十年裡我與母親、妹妹和弟弟，像是一支失去了領隊而終於各自潰散到沿途城市的駱駝商旅。父親終於成為我童年時代的幻想，成為一個小說裡的人。我使用這個「爸爸」長達十年之久，像一具疲軟鬆弛的體腔。而十年後回家的父親進門穿上了這件鬆軟的皮囊，安靜地坐在一旁進食了起來。我知道父親其實哪裡也沒有去，他一直端坐在晚餐的餐桌，從來也不是尤利西斯；我忽然明白，從那個黃昏的書店開始，尤利西斯就已經是我。是我離開了這張桌子，去尋找那砂畫般佚散的父親的臉孔。

阿斜

童年時母親經常囑我去附近的一家中藥店，抓回一些黃耆、四物或枸杞之類的物事。我記得在那陰暗且不開燈的屋子裡，有一整面牆的小抽屜，用標籤紙寫著每個櫃子的名字。櫃子上擺放幾缸透明的玻璃瓶，流著琥珀色的液體，瓶子裡漂浮著一隻長滿觸鬚的物體，嬰兒也似。童年時的我指著那琉璃般的液體，問：

「那是什麼？」

那個初老的男子靜靜地從秤桿裡抬起臉來，瞇著彎彎的眼睛說：

「是妹妹。」

是下午的時間。廊簷外的陰天重得幾乎要垂吊下來。我提著油紙包裹的藥包，在雷雨降下之前走路回家。中藥店裡有一個小姐姐。剪著齊額的短髮，臉色很白。總是坐在櫃子的後面不說話。附近的小孩老是鬧她：阿斜。阿斜。阿斜。你究竟會不會說話。母親說阿斜得了一種不會長大的病，只會說三歲的話語。「當你成為一個姑姑的時候，阿斜還會是姐姐。」母親說。我還不能理解那是什麼樣的意思，陰天就這樣地到來了，連同積雲。我走了一小段路，不知怎地，又回過頭去。阿斜就站在藥店的門口，身影縮成一個小團，又瘦又長。我不知她是否正在看著我，又或者只是看向那什麼也沒有的遠方。遠方裡，冬日的鴿樓在小鎮的平房屋頂上一座一座地停棲著，像是小小的墳。那些鴿樓裡的鴿群，在一次的遠行中幾乎全部失蹤，再也沒有一隻飛返回來。陰天的下午，只有那像港一樣的積雲，低低地傾軋過來，帶來整片天空的船。從前從前，母親總是告訴我：那是霾來了。

霾終於在下午三點鐘那種時間，籠罩了過來。將整個小鎮變成了灰褐色。雷雨下來以前，空氣中飄浮著土的腥味。這些味道和顏色，還有雨的邊界，將整個小鎮關閉了起來。我感覺自己的身體像一只袋子，居住著一座天氣。只要輕輕擠壓袋口，整個身體都會下起雨來。

而我終於離開這座琥珀色的鎮落，到遙遠的城市去生活。十幾歲以後是二十幾歲，沒有道理也不須解釋。與一些人相遇，與一些人分手，與一些人告別了就再也沒有見到過。去了不遠不近的幾個國家折返回來。回到生活。生活夢一樣地覆蓋了我。有一個晚上我在我河堤邊的公寓房子裡作了一個夢。夢裡一個紅衣小女孩來到我的門前，我問她：

「你是誰？」

她抬起齊額的黑瀏海，說：

「我是門的妹妹。」

「什麼是門的妹妹？」我問。而夢裡的那個女孩，彷彿聽見了什麼符咒般地，終於徹底地消失在門的後面，整條漆黑的長廊推得極遠極遠，我被囚禁在一個箱子般的房間裡。醒來以後，就想到了阿斜。想到玻璃彈珠般的小鎮，像是貓的瞳孔，瞇起一隻眼睛探看時，總有琥珀般的花紋，在貓的眼睛裡螺旋狀地下降，像是一座盤旋向下的樓梯，通往某一年的冬天。母親、街道，還有冬日裡寂寞的鴿樓，剪紙般地摔碎在彈珠裡，八花九裂。冬天的夜裡我蒙著圍巾黑衣過街，背大行李，穿越人群與車站，終於又回到了南方的小鎮。

離開時我只有十八歲。霾動物一樣地纏繞著我。

藥店裡的男子變得更老了。只有那整排的藥櫃抽屜泛著暈黃色的光亮。櫃子上的幾缸玻璃瓶還浸泡著琥珀色的液體，只是瓶子裡那自童年時代起即漂浮懸宕的觸鬚蔘物已然消失殆盡，彷彿消融。是下午那種接近晚餐的時間，冬天的傍晚大霧像鳥一樣地到來，整條街都瀰漫著氤氳的煙霧。

我問母親：「阿斜呢？」

母親扯了扯我的衣袖對我示意。瞇著貓眼般的藥店男子，微笑地傾斜著身體，俯身將藥包遞給了我。

我提著油紙包裹的藥包，晃蕩地走出店外。一小段路後，不知怎地，我忽然回頭，就看見阿斜站在遠方的店門口。

那麼小。像個妹妹。黑髮覆蓋了額頭。

我不知道阿斜是否看到了我，就像我從來沒有看見過她眼睛裡所看見的自己。我只是凝視著那被霧所隔絕的十公尺外的眼神，忽然覺得站在這數公尺的霧外觀看著我的，其實是童年時代的自己。我想起中藥店裡那初老男子貓眼般的眼神，還有那些一缸一缸的琥珀色液體，玻璃瓶裡嬰兒般的觸鬚。我忽然想：那瓶子裡漂浮的，會是阿斜嗎？並且為此相當地焦急了起來，急忙地向遠方的店門口看了過去。但大霧從四面八方攏聚過來，將我們共同掩埋。大霧裡阿斜那小小的身影，很快地，被霧帶走般地消失了。一瞬間我聽見很細很小的「吱——」一聲。有些什麼自頭頂的天空崩落了？小鎮陰天的冬日下午像港口一樣，霾無聲地降落了。

夢之霾

不知從什麼時候開始，作著這樣的夢。在我所睡覺的房間裡，看到了夢中的自己，正在睡覺。我走近看著。忽然，夢中的自己醒了過來。但是卻發現在睡覺的自己，慢慢地，感到窒息了。從鼻子的中樞開始，岩石纍纍地蔓生出來，堵塞住孔道。想要呼救，卻怎麼樣也發不出聲音。漸漸地，四周像有黑暗而透明的牆靠攏過來，夾迫著那早已分不清是夢中還是夢外的自己。我蹲踞在一個玩具箱裡哭泣起來。

醒來時，常常是天黑。分不清究竟是清晨還是傍晚的光線青藍地透著窗簾，照射進來。我在那像是世界盡頭懸崖處的房間中醒來。有時，好像來到了末日前的最後一刻。親人也好，戀人也罷，全都遙遠得像是史前時代的畫片似地。

房間很安靜。家具擱淺著。地板上有拖鞋漂浮的暗影。像是水藻。我在那不知是夢裡抑或夢外的交界線上，注視起水裡自己的倒影。

「五官的位置，不太對哪……」忍不住歪著頭，疑惑起這樣的事。

「鼻子有點歪斜……好像，在哪裡經歷過什麼撞擊似地……」初醒的自己，對著像夢中映照出來的自己這樣說著。彷彿，手心裡捏到了那歪斜的器官了。

也有時，會作更遙遠的夢。那是跟世界的一切都無關的東西。在一個空無一人的教室裡，古老的黑板上，寫有著值日生的名字。粉筆槽裡散落著紅白黃色的粉芯，天花板的老舊電風扇緩慢地轉。我穿著中學時代的制服，坐在教室裡。大家都到哪裡去了呢？夢裡的我困惑地等待著。但是，什麼也沒有出現。靜靜地，靜靜地，有鐘聲緩慢地、水流一般地流瀉過來，像來自另一個夢裡的聲音似的，感覺遙遠，並且令人發睏了。於是，我在那樣的夢中的教室裡，午睡起來。然後，漸漸地，在夢外所存在的這裡，甦醒過來。

「這裡是哪裡呢？」四周很黑。好像來到了死前一刻的場所。我被從那像是膠捲般的牢裡放了出來，終於來到那行刑的房間似地。我像是個被誣告的刑犯；往前看去，是整片暗怖的漆黑；往後回頭，卻也總是像失散在迷霧裡似地，身體也漸漸地，失重起來了。

不知道為什麼，在那彷彿凍結的、沒有時間感的零度時刻裡，醒來的我打了一個長長的呵欠，腦海總是忽然湧上這樣的聲音：

「這一刻，我是無罪的吧？」

說出口的瞬間，便迅速地掉下淚來。我在那像是封閉的箱子般的房間裡哭了起來。顫抖不已。

醒來時，妹妹打電話來，問我要不要一起過年。妹妹所在的地方好像收訊不良似地，傳來沙沙的雜訊聲，那聲音聽起來也像來自另一個夢。

「媽媽呢？」在全然漆黑的房間裡，我問著。

「死了。」妹妹很冷靜地回答著我。

「哦。」

「爸爸也死了嗎？」我說。

「嗯。」妹妹說。「也死了。是我殺的。」妹妹的話聽起來也像是夢中設計的對白。是冬天的週末傍晚。我沒有去學校，也不用打工。論文進行到無法再繼續下去的階段，天氣開始無可救藥地衰冷，有一種一路跌落的喪失感。

新的小孩將要誕生。妹妹正在遠方我所不知道的陌生城市，某處電話亭裡，穿著學生制服，和她肚子裡的孩子一起打給我吧。在這個夢以外的世界裡，冬天更深一點的時候，街道像被冰河封凍一樣，呈現停滯。每次醒來，我有一種進到別人夢裡的感覺，像是偷窺了什麼自己不該看的東西。但是，世界一點也不在意的樣子。它的孔穴無論是白日也好，夜晚也罷，都蕨類般地敞開著。

「姐姐，你知道霾會來的事嗎？」話筒裡，妹妹微弱的聲音這樣說著。

「在我們睡覺的時候，霾像烏雲一樣地來到我們的夢邊。偽裝成夢的輪廓。它是黑霧一般的東西。但是，有著尖尖的嘴。」

「好可怕啊。」

「嗯嗯。也會吐出長長的絲線。霾就用那絲線纏繞著睡覺中的我們，進行戰鬥。」

「為什麼要戰鬥？」

「因為，牠很想離開夢的膜吧。想用力地撕扯它而被釋放出來。但是，卻只會做著吐絲這樣的動作而已，所以，到頭來，還是被自己的努力所糾纏住了啊……」

啊。真像是個笨蛋啊。

話筒裡，響起投幣的聲響。銅板快要用完。從那話筒彼端所傳來的妹妹的聲音也微弱得像是用絲線所維繫著似地，只要輕輕一扯，就會斷掉。

一切忽然遙遠。星球般地倏忽貼近，又剎那遠去了。我有一種恍惚感。家庭像是更遙遠的事。比夢更遠，在一團雲霧的後面，被阻隔開來。我只是一個二十六歲的普通女子，在不能稱作是家鄉的地方獨自一人地生活。在藍黑色的夢中，有時，我會被分派到一個家庭去，新的爸爸和新的媽媽坐在客廳的矮桌旁，圍著冬天的電暖爐。有時，妹妹也在那裡，穿著潔淨的制服。他們很開心地笑著，拉著我的手，要我坐下。在那樣的夢中，不知為何，有一種異常的幸福之感。

「都是假的，只是在一個夢裡而已吧。」夢中的我確切地知道自己正在作著夢。

「但是，如果是假的話，為什麼現在的我，竟感到這麼幸福呢？」

連夢中的自己也不知道。醒來以後，彷彿在一個更巨大的夢中。

「姐姐，我的肚子裡，也有霾般的東西嗎？」

「有時，覺得自己的喉嚨這裡，被什麼所堵塞住了。肚子裡，傳來像是翻攪塑膠袋所發出的嘈雜聲。忽然，會有一種想哭的感覺。但是，不知道原因。」

冬深以後，我開始作各式各樣的夢。有時在巴士上，像要出發去一個地方遠足似地，有時在很高的大樓，妖怪遊行般地從腳下的街道經過。那些夢的邊緣都渙散著黑色的霧，我老是在霧與霧之間的通道穿梭，一個夢跳進一個夢。也是在那樣的時候，霾來到我的房間，是一月中旬左右的事。靠近年假，學生公寓一個人也沒有，大家都回家去了。霾在那樣的夢裡吸吮著夢的液體，並且，吐出更多絲線，纏繞著夢。我睡了醒來，醒了又睡，覺得自己在一個繭裡，被緊實厚重地密密包裹，繭裡空而乾枯，像是萎縮的子宮。

醒來時，想記錄那些夢中的場景，但是，無論怎樣努力，卻只能寫下那歪斜的、沒有文法的句子了。

「像是被什麼吃掉後所吐出的骨頭啊……」

字在紙上被拆解開來。鬆懈地排列著，宛如殘骸。

又像是被誰啃得乾乾淨淨的骨頭，不帶一點剩留的餘肉。

「果然，是霾做的好事吧。」

有時，霾會躡腳越過那海溝般的邊境，跨越到我漆黑的房間，耽睡在我寫字的桌邊，吃食著紙上那些歪曲而任意排列的字。

「不要再吃了！不許再吃了！這些都是很貴重的字啊！」我阻止著霾。

霾毫不在乎地咀嚼著，發出喀滋喀滋的聲響。吃了字的霾肚子就鼓脹成一個很大的袋子。像吞了外婆的大野狼。

清晨來臨，日光斜斜射進窗簾的縫隙，霾煙霧般地消失了。桌面空無一物。宛如海潮退去的沙灘。

偶爾，沙上會有貝類行走。在我恍惚醒來的夢境邊緣，我揉著眼睛注視那輕巧的足跡。一窪一窪。等到真正清醒過來，才發現那不過是前夜的茶漬罷了。

晨間的氣象報告裡有寒流的消息。我打開窗，夢瞬間被曝曬，房間裡的一切都反光起來，白日隊伍洪流似地進來，伴隨低溫，夢已經被遺棄在知覺以外的場所了。

※

很久以前，有人這樣跟我說過。不知道的東西，就不會存在。

那時，我是這樣回覆他的：

「那麼，不知道的話才幸福哪。」

記憶開始變得混淆。五官廢棄。每作一次夢回來，它們便夜線般地偷偷移動了一次。像是地層堆積。海岸線每年後退一公分，月球漸漸遠離地球，五千億年後，我們會完全遠離這鎮日綁縛著我們的地心引力。

夢境追趕上來。有時像海潮一樣傾覆，漫漶過這邊境的沙灘，從我睡眠的眼睛汩汩流出。請不要誤會那是眼淚。那不過是我的夢罷了。

在夢中，我與小學時代喜歡的H君見面。夢裡的我是個二十六歲的女子，而H君，還維持在最後一次見面的樣子，是個十二歲的小男孩。

「要不要和我一起去哪裡旅行？」夢中，我這樣問著他。

H君好像聽不懂似地，彷彿我說的是一種外國話，他只是微笑起來。

「很羨慕你啊。一直住在這樣的地方哪。」我也微笑起來。

我覺得非常幸福。於是，在那彷彿永遠不會結束的夢境中，高興地、不停地說著各種的話。

截一段路

後來我就被帶到列車的最前頭了。

聽說這幾節車廂要被放逐，火車不帶它們往更南走了，它們大概會被貶謫到更暗更底層的地方去，我想不出有什麼比花東線的夜還要更加徹底的了，我想到那些車廂與車廂之間連結的鎖鏈必須秘密地被撬開，夜暗下來，火車在軌道上變成兩列，一列跑得太快也就對著被棄逐的那列大聲喊起來：喂喂快點快點跟上來再慢一秒車就要駛，車不等你，你跟不跟？你跟不跟？

光復站以後落後的那節就真的消失在長長的軌道後面，再也跟不上來。火車變得很短很胖，這一班夜行平快的所有旅客被集中在僅剩的一節車廂裡，居然也總共五個人而已。

兩個打盹的高中學生背著花蓮高中的書包睡啊睡的膝上的書包也就掉下去了，我想到中學時代那些搖搖晃晃的開往學校的巴士，那些睡啊睡就挨上鄰座肩膀睡啊睡膝蓋上攤開的一本英文課本就連同書包一起劈哩啪啦往下掉砸到自己的腳，然後嚇了好大一跳醒過來，彎身去撿時還環顧四周偷偷抹去一把口水心裡想著還好還好沒人看到。

高中學生的一旁坐著滿臉鬍子的男人，男人幾乎和我同時被帶領進這裡，但是他走路像波浪，他走路高高低低，他是誰弄丟的單腳小錫兵嗎？單腳小錫兵沒有攜帶一起逃走的芭蕾舞者，光復站過後，他開始站站坐坐，然後拄著楞杖在狹小的車廂裡走過來走過去。

「還未到呢。」車長說。

單腳大鬍子錫兵挨著門坐，每一站停靠時車長就站起身來去扳開錫兵先生上頭的那把電鎖，列車門喀啦喀啦地打開，大鬍子坐著抬頭看車長，問：「到了沒？」

每一個站都沒有人上來，每一次門打開就有大片的黑暗洶湧擠進車來，那些黑夜裡亮著低度燭光的小火車站，幾個鐵道員搬進一些秘密的紙箱然後他們就消失了就連同火車站連同光亮一起原地縮小了，紙箱裡都裝著什麼呢？有一個在我腳邊，上面打了好多洞，我彎下身把耳朵湊近突然就一群鳥拍著翅膀噗哧噗哧飛進我的耳巢，我驚嚇跳開，箱子在動，裡面的鳥如果一起拍動翅膀，整個紙箱會不會就飛了起來？

車長說，你要去哪裡？

我說，我要去玉里。

這麼晚了，到玉里都沒有店了，女孩子沒有關係嗎？

我說沒有，我說。

高中學生不知道在哪一站下車，他們有沒有睡過頭？花蓮非常大，從最南要去最北，需要好多時間，V君說他唸花中時每日騎單車上學，花中在坡道上，高中時的V君為了趕回家看電視，常常坡道下滑時也加速踩著踩著有好幾次差點迎面撞上上坡打彎的車，而他的家不過也在市區的鄰鎮而已。

單腳大鬍子下車的站叫做富源，這樣胖這樣豐滿的站名，入夜以後掛一盞燈，居然也是貧瘠蒼涼的。我看著他一高一低地下車，看著他與黑暗錯身看著大片的夜色透進來從車門從窗口那樣滴水不漏，列車開始起動，車廂裡除了我和車長，剩下的便是滿地矮矮的託運的紙箱了。沒有聲音，沒有多餘的顏色，因為是冬天的緣故，突然會冷起來。

玉里入站時長得非常北野武的車長從口袋裡掏出一條七七乳加巧克力。給你。他說。在路上吃。我給你的你可以吃，但是遇到陌生人，不要拿他東西。

我突然明白那種不捨，那種暗夜列車上一人獨行穿越整個長長縣分的寂寞與孤單，我下車後，真的就空無一人了。

火車站出口的查票員在打呼，我像一隻貓那樣擦過去擦過去我的旅途和他的夢境摩擦都還聽得見火花，玉里鎮上稀落張揚的幾個店家它們有矮矮的屋簷屋簷裡一台小吋電視老闆不睡才會此時連店也不關。我走進那家小小的旅社時，老闆娘背著我在看重播的台語連續劇劇情好像正演到生離死別吧所以我進去她回頭她臉上還掛著來不及藏匿的兩串眼淚。我的投宿真是顯得有點尷尬而且旅店老闆娘顯然想等進廣告後再招待我，她總算提起熱水瓶總算離開雜訊唰唰的電視機總算帶著我上樓，上樓的時候我聽見啪啦一聲。

是什麼？我張大眼睛問。

貓進來了。她說。

那現在呢？

我們安靜了好一段時間，然後，她說：貓走掉了。

整個夜晚我睡不去，我不是會認床的那種，據周遭的人說我是天生的波希米亞天生的旅人我不是會認床的那種但是我左側右側翻過好多回我真的睡不去。窗外對著對街全鎮唯一通宵亮燈的電影院，過期好久的電影看板橫在窗外看我，我們眼睜睜。天還沒有亮起來我索性就起床刷牙索性把東西一股腦全塞進背包往樓下走，我將鑰匙輕輕放在昨夜哭聲淒厲現在安靜睡眠的電視機上，旅店老闆娘可能會遺忘向我收取鑰匙，卻絕對不會忘記準時打開電視機。

我輕輕地推門輕輕走出去，天還沒有亮，幾個鎮上早餐店裡已經燈火通明了已經有人在裡面旋轉了已經聽得見油在煎板上跳著跳著準備要熱了。我向火車站走去，趕得上往南最早的一班平快，開車前一個高中男學生在剪票口摔了一杯豆漿，地板突然也就冒起煙了。

我記得是從那時候開始天亮，冬天的天亮起來一片霧茫，列車往南開，離開玉里後火車便在河流上轉彎了。

聽說下一站是安通，E君說那裡的河堤使他罹患上遊惰的篤疾，我心裡於是開始盤算，若是大霧尚未散去，就在安通下車。

日暮日暮里

日暮來到日暮里，黃昏失去了大半。纖維街上的人潮稀落，已不是幾年前初訪此地的喧囂了。日暮的人行道上堆疊著被捨棄丟掉的布疋，剪得破碎凌亂。早年的東京女子都到這裡剪裁布衣。而今身光微暗，樂聲不起，日暮里只是京成線進東京才路過的地名了。我想起多年前某個友人寄給我的明信片，署地正是日暮里。是轉車之際在站前的郵筒偶然投遞的信箋了罷。明信片上的字跡有著矯飾的嘻鬧，一如她平常會做的那樣。只有地名是誠實的。也許就連那樣的表演也是一種誠實。多年以後我與她遂不再見面，不是一種阻斷，只是來到了末梢。

你好嗎。這裡的黃昏像河。日暮極美。

而今我終於抵達日暮里。也能理解那理由。因為日暮里的日暮極其平淡，像東京城裡的任何一個地方。我從南千住的旅館搭兩站電車到這裡，僅只是散步而已。東京的最後幾天，無處可去。白日在賃居的市郊旅館醒來時，窗下就是墓園。墓園裡的墓碑一座座往下俯瞰，幾乎是島。南千住的街道空寂得宛如末日，連人也沒有。有時我會疑惑，自己究竟身在什麼樣的時間裡？每天我下樓，越過旅館櫃台到對街的便利商店去，捧回食物與酒水。飛過了一千三百三十英里抵達東京都，我仍在這個國家的某個邊郊過著穴居的生活，一如台北。有時我簡直要懷疑我所擁有的其實並不是一個旅行，而是一種背負在身上的磁場。簡直我只是將一個房間空降在一處我所不認識的地方，然後我打開門偶爾出去和那些面孔五官稍異之人類挨搒再迅速退回，退回這切割精準宛如抽屜抑或小匣之房間。我平躺在這軟墊臥鋪的狹長格子，宛如魍魎。

台北是遙遠的幻象。而東京也極不真實。夏日午後的陽光使景物晃蕩起來，公車站，地下鐵，街道，櫥窗，腳踏車與居酒屋。

陽界事物。

心裡浮現這樣的聲音，我才理解自己原來是鬼魂。

※

鬼魂飄蕩，宛若白日夜遊，一日行將終結。日復尋常的一日，和任何的昨天都沒有差別。和昨天在哪裡也一樣沒有差別。日暮從日暮里轉車，比想像中陳舊一些的綠色電車，長而又長的月台，警鈴聲，月台上的小賣亭微微顫抖，電車轟隆轟隆駛進，轟隆轟隆駛出。月台盡頭穿薄風衣的善男女子，莫不是九〇年代初初在衛視中文台照面的黝黑織田裕二與大墊肩鈴木保奈美？

電車駛動，他們會去那已經結束的日劇以外的哪裡生活？

荒川日落，有河淙淙，這班車開往南千住，那會是松子日夜凝視的河岸嗎？

電車上的一個女人蹙眉看我。我很少看到電車上的日本人這樣看人。他們多半低頭滑動手機螢幕，有人耽睡，有人讀書。起初我微微閃避著那女人投射過來的視線，但後來我忽然變得非常想知道她看我的理由。我會是她所認識的某人嗎？

女人不知在哪一站下車。像電車河流裡終於四散流溢的石頭，被沖刷到城市邊境的巷道裡。

黃昏時終於抵達荒川線的最終，電車轉乘巴士，大河有信，彷彿有神在側。我沿著荒川河旁的街道廓轄行走，幾乎迷失在地圖上沒有的摺痕裡。這裡比起東京的下町更下町。城市的下水道，匯集著許多混雜的氣味，忽而惡臭非常，忽而道長路短。那麼，又會是什麼在使我不斷傾斜環繞並且總是回到道路正確的他方？會是神嗎？還是那沿途不斷綻開的漢字？彷彿皮肉分離地讓意義與詞彙裂散。那些漢字象形排組圍繞星群一樣，像極了一種抒情的公式比方北斗七星的斗杓乘以六，在小巷的盡頭攀上河堤，整片整片的天空就傾塌了下來，東京城裡若有神在，必定凌駕在這河面闊綽的波光之上。

中島哲也零六年的電影，最終的落腳之處。令人討厭的松子姑姑。秋日裡最紫最紅的天空，只存在靈光盡皆消逝的年代。數位攝影機才拍得出的那種神的顏色。電影文本在此戛然而止，彷彿神啟突然。松子問：「なぜ？」問得四面八方都只聽得見自己的聲響。她愛過的男人最後都不愛她。白雪公主與黑天鵝。流徙輾轉，她索性在荒川邊的破爛公寓住下來了。

死前最後看到的是河岸上秋日裡滿天的星空。不斷旋轉。像童年妹妹床邊的晶亮摺紙。輕輕一碰就會旋轉起來。滿天滿天的星星掉落下來。姐姐。請你不要離開我。我會做一個很好的妹妹。幾次在南千住狹長的單人旅館裡醒來，分不清夢裡究竟是影像還是現實；是我的妹妹，抑或者只是電影裡一個女主角的妹妹？大河潺潺，這是另一個國家，還是僅僅是我夢裡所見的他方？

而夏天終於又要全部過完。包括旅行，還有那些光裡強烈反白曝光的景色。像一種極簡的線條，彷彿森山鏡頭下的道路，相紙的鏡頭總有光的結界：再擦拭一點，請再多擦拭一點；讓線消失，讓光大片大片地攻城與略地，讓持攝影機的人什麼都可以不再想起。生活在他方。如果河中有神，祂會不會使我終於生活在我城？

想起零六年在河堤公寓裡和W邊用大陸種子看完了這部片，看得兩人都哭了起來。那時落地窗外的陽台還是緩緩流動的景美溪。黃昏一來，便有了通紫通紅的天空。我也有那樣一條日日眺望的河，可以看得雙眼枯竭，心舌乾荒。還有那些獨居的日子。孤獨的236公車。最末最末一班，凌晨一時三十五分將我由已然熄滅的城區遣返回河旁。暗夜行路，我還有一條河可以依傍。

十年一渡（代跋）

直到現在，我都還保有多年以來的一種習慣：晚睡。散步。獨自旅行。走一段不遠不近的路回家。有時我會在夜間那種自木柵回到城中的公車中途下車，走一條筆直的羅斯福路，回到那像枝椏般開散在沿途巷道裡的房間。那種筆直有時像是洗衣的塑膠刷子那樣地刷洗著我，將我磨亮，把我擦痛。那種痛裡有一種關於清潔的奇妙感覺。彷彿每一步都是自我核心的鉛錘。銼刀的邊緣，很多年以來，我用這種近乎尖銳的感覺在摩擦著每日天氣的邊界。在這座多雨的城市，傘總是極容易失去的，像你所能失去的任何一件東西。我來到這座城市的第一年就弄壞了七把傘。它們有的被另一個也失去傘的人理直氣壯地偷走，有的則在一次夏季的午後雷陣雨中被劈得骨架歪斜而最終丟進了路邊的垃圾桶。後來我明白了關於持有，有時比起從未有過來得更加令人不安。所以我喜歡走路，喜歡用雙腳真正從一個捷運站抵達另一個捷運站，踩踏斑馬的背。把道路當作一匹巨大的動物來攀爬。抵達了嗎？真的抵達了嗎？像我老是問自己的話。而道路總是一再地生長，彷彿一種生根植物。在那重複地抵達與推延的路程中，終於感覺自己也成為了一匹老去的海。

我經常想起我出生的那個小鎮。離山很近，而海也在不遠的地方。不管什麼時候回去都有一種琥珀色，像鎮裡那些老人貓一般的瞳孔。那種顏色讓整個小鎮變成了一種沒有時間感的天氣。有時這種天氣會充滿著我的身體，使我飽脹，把我氣球般地灌滿，讓我的肚子裡搖晃著一整座下午的海洋。南方的陰天、雨水的酸味，還有那空島般被遠遠推遲在海平面盡頭的積雲。使我又回到童年時代的某個黃昏，和母親一同凝望過的海。

那或許是我一生中最靠近死亡的時刻。我還記得母親的裙襬是大紅花開，紅豔豔的，在海風裡翻飛亂舞。我玩得累了，一臉一手都是沙子，午後的太陽曬得我昏頭轉向，母親便跟港口旁賣涼水的人買給我一罐十元的舒跑。拉開拉環，拉環的背面寫著小小的字：「再來一罐。」我把它亮晃晃地舉高給母親看，母親便不知怎麼地哭了起來了。

我是要到很多年以後，才真正明白那個被海水所拜訪的下午，究竟意味著什麼樣的意義。黃昏離開，海潮退盡，我們又若無其事地活了下來。彷彿只是一個多出來的下午，被琥珀色的貓眼所窺視。貓眼裡的世界像一個玻璃球，搖了搖就會有細小的雪花掉落，像時間的塵埃。我好像一直在旅行，像一次海難裡倖存下來的一個生還者，孤獨，無依，沒有伴侶，總是隨著洋流的方向漂流。從童年的海港離開，到另一個海。可是其實所有的海都是同一匹海。有時我會在一個極遠極遠的異地海邊，想起那個遙遠的下午，想起關於死亡這樣的事物，不過是從一個夢接連到另一個夢的過道，串接起破碎的時間。通過死亡，我就到了另一個地方。有時我也覺得自己在那個童年的下午已經死過了一回。在生與死的邊界，是母親將我拋擲到那條被棄拋物的最前沿，連同她自己，逼我睜眼凝視海水盡頭那不可見之物，彷彿是一種對於她也對於我的試煉；而在這條拋物線物理容許角度的最極致處，那僅有一步之遙的結界，母親終究是救了我，並正因救了我而終於救起了她自己。

　　多年以後的許多日子，在一座無海的城市，深陷的盆底，一條過陡的坡道，一間終年暗黑的地下室房間，幾個過不去的夾層縫隙裡，生活的斷面被削減得僅剩下一面牆。壞掉的傘，死去的友人，忘記的名字，像掌心裡不斷從指間佚失的沙。日日重複的日子，一天一天，像壁球的迴力軌道被自我拋擲向自我。有那麼一個瀕臨邊界的時刻裡，我會想起那樣一個有海水的下午，想起自己的存在本身，曾諭示著一種救贖；想起這個世上有一個人曾因我而拋卻了死亡的道路，想起關於獲救這件事，從來都不是一件只有自己的事。還有那個亮晃晃的拉環。彷彿籤詩一樣地對我揭露著關於生界的時間，某種神秘主義式的暗示。再來一罐。再走一段路吧。在轉彎的地方，就會再遇到一片海。而我知道所有的海其實都是同一匹海。它只是十八歲出門遠行以後，就再也沒有回到原本的港。

這本書的寫作或許也是那樣的一匹海。書中最早的篇章可以推溯到十一年前的〈失語症練習〉（二〇〇二），重新輯錄時，腦海裡便浮現起當時的房間：二十歲的時光，暖橘色地磚，一盞低垂的小黃燈泡，黃澄澄地打在貼有田壯壯《小城之春》海報的牆上，室內就彷彿有了溫暖的爐火可烤。我可以捲著一條毯子就這樣蜷縮著度過一整個小城的冬天。集子裡的許多篇章，隨著不同年歲裡的幾度搬遷，在類似的幾個洞穴房間裡磨磨蹭蹭地寫下。有些心情已經消逝，有些什麼卻積塵般地被堆疊在這本書裡，擁有著屬於那些時光裡它們各自的意志。而我其實是個無比邋遢卻又極端潔癖的矛盾之人，總是時時在心裡擰著一條洗了又洗的抹布，老想著要將心擦得發亮；未料寫了又寫，卻放任了這周身懸游漂浮的塵埃粒子，形成環帶，便也只能將之留作十年以來每個渡口的一種紀念。紀念那些活過的時間。

謝謝黃錦樹、郝譽翔兩位老師為這本書作了如此貴重的序文。也謝謝蔡素芬與陳芳明老師分別在大學和研究所時期給過寫作上的支持。謝謝九歌的陳素芳女士促成了這本書的出版，霧室耐心體貼的傾聽與設計，以及施舜文小姐辛苦地聯繫與編輯各種事宜，包容我任性的焦慮與反覆。謝謝一些重要的朋友，小至養貓做飯清潔地板，乃至宇宙黑洞擴張頻率，謝謝你們沒有邊際的交談。

——二〇一三年三月三十一日，於台北城南

九歌文庫　1134

白馬走過天亮

作者	言叔夏
責任編輯	施舜文
發行人	蔡文甫
出版發行	九歌出版社有限公司 臺北市105八德路3段12巷57弄40號 電話：02-25776564 傳真：02-25789205 郵政劃撥：0112295-1
九歌文學網	www.chiuko.com.tw
印刷	前進彩藝有限公司
法律顧問	龍躍天律師．蕭雄淋律師．董安丹律師
初版	2013年6月
初版7印	2022年7月
定價	260元
書號	F1134
ISBN	978-957-444-885-2

本書獲 財團法人｜國家文化藝術｜基金會 National Culture and Arts Foundation 文學類　創作補助

國家圖書館出版品預行編目資料

白馬走過天亮 / 言叔夏著. -- 初版. --
臺北市：九歌, 民102.06

面；　公分. -- (九歌文庫；1134)

ISBN 978-957-444-885-2(平裝)

855　　102007214